这个世界爱着我

邢静静　著

图书在版编目(CIP)数据

这个世界爱着我/邢静静著. —郑州:河南文艺出版社,2018.4(2019.9 重印)

ISBN 978-7-5559-0663-6

Ⅰ.①这… Ⅱ.①邢… Ⅲ.①长篇小说-中国-当代 Ⅳ.①I247.5

中国版本图书馆 CIP 数据核字(2018)第 044058 号

出版发行　河南文艺出版社
本社地址　郑州市郑东新区祥盛街 27 号 C 座 5 楼
邮政编码　450018
承印单位　三河市兴国印务有限公司
经销单位　新华书店
开　　本　890 毫米×1240 毫米　1/32
印　　张　7
字　　数　126 000
版　　次　2018 年 4 月第 1 版
印　　次　2019 年 9 月第 2 次印刷
定　　价　35.00 元

序一　静静听　静静说

第一次见到邢静静，是在苏州的火车站。那时她还不满18岁，第一次出远门，家里人不放心，作为"陈清贫写作培训网校2014年苏州笔会"的组织者，我也不放心。我对她说："你只要能安安全全地上火车就行，我保证亲自到火车站去接。"

那一天，参加笔会的几十名成员陆陆续续前来报到，提前抵达的我，在宾馆一楼大厅忙得不亦乐乎。随着接站时间的逼近，我赶紧把登记、安排住宿的事情交代给一个热心的学员，自己打车去了苏州火车站。

不承想，我还在出站的人流中仔细寻找照片中端详过的身影，忽然，左肩被人轻轻拍了一下。我急忙回头，结果在头顶大灯的照耀下，看见了一张笑意盈盈的脸。她高挑的身材配上合体的连衣裙，很像一株亭亭玉立的荷花。由于人来人往，她身后晃着的灯光给她的轮廓照出了一圈光晕，使得她整个身子都明亮起来了。从我这边看过去，非得眯缝着眼晴才行。

"青春","少女"。我的脑海里不觉泛出了这两个词。

原来，调皮的小静静故意从另一个出口出来了。

然后我很快发现，虽然是第一次出远门，但小静静一点也不怕生，很快就和天南海北的同学混得烂熟，还给大家一一贴了标签。从此，每一个人都有了一个与众不同、稍显奇怪的称呼：叔叔，大伯，外婆，小姐姐，弟弟，大娘……

而我，则被她称为"爷爷"。当然，不是因为我年龄真的有多大，而是，她称呼上的长辈都拜我为师，师徒如父子，她觉得应该长两辈地叫我，才贴切。

她的胡乱称呼，却往往能很好地搅热气氛。有小静静在的地方，经常是欢声笑语，欢天喜地。当然，更多的时候是鸡飞狗跳。

有一次，她和她口中的"外婆""大娘"疯闹，我在一边，先是笑嘻嘻地看着，忽然，没由来地眼眶一热。我忽地明白，在这疯疯癫癫、胡乱称呼的背后，她却是实实在在地把大家当成"家人"了。在这世界上，还有什么比"家人"二字，更让人感觉温暖的呢？

而第一次让我对她刮目相看，是在山东济南的一次聚会上。小静静客串主持人，她伶牙俐齿，颇有大家风范，一点也不怯场，她心理素质之强和随机应变的能力让我感叹不已。

中途，我看见她趴在一边写写画画，很好奇她在干吗。走近一看，原来在写串台词！我说："不是事先准备好的？"她摇摇头说："不是，我都是现编现写的。"她经常在主持时引经据典，很多诗词名言信手拈来，让人感叹：这小妮子读书不少，而且记忆力还不错，执行力更强！

有了这一次的良好印象，所以，陈清贫写作培训网校成立八周年庆典和我五十岁生日的晚宴及歌舞晚会，主持人自然就选了小静静。

而且，这一次盛会，我特意请来了《在薄情的世界里深情地活着》《裴艳玲传》《那莲那禅那光阴》等书的作者——著名作家雪小禅。由于杂事繁多，我分身乏术，就想找一个人去陪伴雪小禅。

当然，我的人选又是小静静。

最终，小静静很好地完成了主持和陪伴这双重任务。事后，雪小禅对小静静赞不绝口，甚至破天荒地亲口邀请小静静去她的团队工作。

说到写作，小静静告诉我，2012 年，她的处女作《给自己一个翩飞的人生路》就曾发表在《焦作日报》上。后来，陆陆续续有一些文章发表，但自己觉得进步太慢，所以想报班学习。

其实，我个人不太喜欢这样有一点基础、所谓"半瓢水"式的学员。我最喜欢零基础的，完全空杯，老师想怎样往里装都可以，听话得很。

好在小静静还算虚心，还算听话。她严格按照我教的去写，很快就出了成绩，并不断突破她原先的写作范围，进步非常明显。

更让人惊奇和惊喜的是，不到一年，还在她 17 岁那一年，小静静就因大量发表有力度、有内涵的文字，顺利加入了河南焦作市作家协会，成了焦作市年龄最小的作家，在当地轰动一时，传为佳话。

随后，小静静一步一个台阶，年年都有长足的进步。到 2017 年 9 月，小静静更上一层楼，又加入了河南省青少年作家协会。而此后不到俩月，一部书稿又送到了我的案头。

作为指导老师，老怀大慰的我很快看完了这部书稿。我的感觉主要有以下几点：

第一，小静静多难。从书中，我看到了一系列章节，如《出生十多天，我煤气中毒了》《差点伤了一只眼睛》《我被电倒》《不知道为啥，妈开始经常打骂我》《自行车车祸》《被同学勒索要钱》《差点成了哑巴》……看得人心惊肉跳。

不过，有两句古话说得好："自古雄才多磨难，从来纨绔少伟男。""未曾清贫难成人，不经打击老天真。"也正因如此，小静静才会有超越年龄的成熟，让人由衷赞叹。

第二，小静静敏感。一个人如果从小经历的磨难太多，则很容易早熟，性格会变得孤独，自闭，敏感。

小静静就很敏感，而且，往往会从细微处察觉到一般人不会注意的细节。如《爸爸的"逃亡"生活》《爸爸为了新房子"赔罪"》《爸的秘密》《我去找那个女人》《原来我是妈妈的累赘》等篇章，莫不如此。

但性格敏感细腻的人，最适合写作了。也许，命运的一切因果造就，都是为了能让小静静最终走上写作之路。

所以，佛说："一饮一啄，莫非前定。兰因絮果，必有来因。"

第三，小静静重情。这一特点在《亲爱的爷爷去世了》《奶奶永远离开了我们》《参加自由撰稿人大会，二爷去世了》《老师爷爷在异国去世》等文中，展现得淋漓尽致。

读到这些文章，我的眼睛几次湿润了。而且，多次联想到电影《少年派的奇幻漂流》中的一句台词："我想生命到头来就是不停地放下，而最痛心的，是我们甚至没能来得及好好地告别。"

我以前一直觉得，这世界上的告别仪式挺多的，比如喝一场大酒，来一场旅行，或者情不自禁地在车站大哭一场。可是后来才知道，人生中大部分的告别是悄无声息的。有的甚至要很多年后才明白，原来那天的相见，竟然已是最后一面。此后即便不是隔山隔水，也没有重逢。于是和一些人拥有过的美好，到最后只能暗自怀念。

我们付出过的感情、珍惜过的相遇、曾经拥抱着以为可以永远在一起的人，原来有一天还是会失去，还是无奈要说一声再会。这时候，我们才发现，我们爱得比自己以为的要深许多。

所以啊，要珍惜每一个当下，毕竟它们都会成为曾经。毕竟我们谁也不敢保证，有一天，我们之间会不会形同陌路。

当然，除了多难、敏感、重情等特点，小静静最让我难忘的，还有她的勤奋和努力。以至于小小年龄，已经取得了如今的成绩。

因此，我很高兴为此书写下序言，然后，用我最喜欢的西班牙哲学家、文学家乌纳穆诺的名著《生命的悲剧意识》中的一句话，送给加速成长中的小静静：

"愿上帝否定你的宁静平和，但是赐给你更高的荣耀！"

2017 年 12 月 13 日

（陈清贫，《知音》传媒名编、名记，陈清贫写作培训网校校长，武汉陈清贫文化传播有限公司董事长。曾蝉联2006、2007两届新浪中国博客大赛年度总冠军，著有《天裂：情人失落在六千万年前》《一个中国军人在越南的奇遇》《我在朝鲜的三天三夜》《写稿赚钱18技》《玛雅星空》《太阳骑士》等。）

序二　每一个孩子都应该被世界善待

2017年11月的一天下午，一位女学生来到我的办公室。自我介绍完之后，她从书包里取出一叠装订好的打印稿纸，双手递到我的面前，说："院长，我写了一部书稿，想请您为我提出指导意见。"

在全校两万余名学生中，我记住了这位来自2015级人文系，名叫邢静静的女生。

我利用两个晚上的时间，细细读了这部自传性质的书稿。我没有想到，这位看似活泼甚至有点调皮的女生，竟然写出了这样一部内容翔实、情感真挚的书稿，一个内心丰富、坚强乐观、热情善良、成熟聪慧的女生形象立时浮现眼前，而同时，我也不禁为我们学校能出现这样一位富有才华的同学而倍感欣喜。

邢静静刚满21岁，但她却有着大多数同龄人不曾经历的苦痛人生。单看每篇的标题，就足以让人触目惊心：《出生十多天，我煤气中毒了》《差点伤了一只眼睛》《我被电倒了》

《自行车车祸》《差点成了哑巴》……及稍大，不幸的事件又接踵而来：《被同学勒索要钱》《亲爱的爷爷去世了》《奶奶永远离开了我们》《参加自由撰稿人大会，二爷去世了》《老师爷爷在异国去世》……让人不禁感叹：人生固然多艰多难，却偏偏为何让一个弱小善良的女孩承受这些不幸！

难能可贵的是，在经历了这些人生苦难与悲痛后，这个坚强的女孩并没有消沉和退缩，而是镇定积极地直面生活，主动乐观地去寻找属于自己的一方天空：《我想离家去上学》《喜欢写作文》《第一次听说写作网络培训》《到浙江的服装厂做暑假工》《偷偷去苏州参加培训班笔会》《为老家邻居募捐》《我的创业实践课》《在新闻网站实习》……

终于，作者的乐观、坚强与努力有了回报，她苦难的生活终于出现了微弱的曙光：《我是优秀之星》《我有文章发表了》《上电视，我成了"有出息"的人》《我成了市作家协会年龄最小的会员》……

在这样的成长转变过程中，她不断体验着人间最美好、最纯真的感情：《不打不相识》《我的物理老师》《程老师和张爸爸陪我参加"提前高考"》《我和驻马店爷爷奶奶的故事》《去秦皇岛看望张大爷》《遇见一位台湾爷爷》……从一段段感人至深的故事中，我们读到了作者那颗善良、感恩的心。

但是，在这些美好的情感之中，唯独缺少一个小女孩在成长过程中，最需要的母女情与父女情。这是为什么呢？这可以作为一个"谜"留给读者。作者用她那朴实的文笔，细腻的情感，向我们慢慢揭开了这个家庭的秘密，从而让我们认识到：家庭的和睦、父母的态度对孩子的成长该是何等重要！

尤为难能可贵的是，作者的视野和思想并未局限于个人家庭的狭小空间，而是开始关注更为重大的社会问题。比如，《当"留守儿童"的日子》记述了"留守儿童"的艰辛生活，《被同学勒索要钱》描写了"校园欺凌"的可怕场景，真实记录了对当事者心理的严重伤害，《爸爸努力挣钱》则反映了农民如何脱贫的重大问题……

作为一名职业技术学院的在校生，作者叙述的《我的创业实践课》则是学生了解社会、践行高职教育"工学结合"精神的经典案例。主人公"我"发挥自己文字方面的特长，到一家经营化妆品的公司做文案策划，"我"在工作和压力面前，"没有退缩，积极面对，迎难而上，最终帮助公司签订了四单合同，金额十几万元"，"我"本人"还第一次挣到了上万元'巨款'"。读到这里，真让人由衷地赞佩，小小年纪却敢于担当，勇于进取，最终以实习生的身份，为公司做出了贡献，同时也为自己赢得了物质和精神上的双重回报。

收获还不止这些，"我"通过职业实践，对人生有了更深刻的感悟："在文案策划工作中……必须站在读者对象即消费者的角度来考虑问题……而绝不能自说自话，自卖自夸，这样才能达到有效的宣传效果。""不管是写作也好，还是处理其他任何事情也好，必须走出'小我'和'小世界'，要面对'大我'和'大世界'……这样，个人思想才会不狭隘，才能在人与人的相处中达成更多理解与和谐"。

作为一名高职院校的大学生，邢静静的许多经历对所有同龄人，尤其是高职院校的同学来说，都是一个很好的借鉴，我作为邢静静所在学校的老师，很愿意为广大青年读者推荐这部书。同时，我作为一名教育工作者——当然，也是一位家长，认为这本书也十分适合广大教师和家长群体阅读。因为，我们从这位年轻女孩的人生经历中，也会得到思考和启示，那就是：我们该如何做到懂孩子，爱孩子，成就孩子。

每一个孩子都应该被世界善待。邢静静的明天一定更加温暖和精彩。

是为序。

2017 年 12 月 25 日

（谭水木，许昌职业技术学院院长）

目 录

第一章　童年：当"留守儿童"的日子

第二章　初中：离家出走的惨痛教训

第三章　高中：　我成了市作家协会年龄最小的会员

第四章　大学：　这个世界爱着我

第一章

童年：当『留守儿童』的日子

出生十多天，我煤气中毒了

1996 年，深冬时节，大雪纷飞的一天，我降生在豫北黄河岸边的一个小村庄。我和我的哭声，像雪花一样，纯净，剔透。

我的家庭是一个大家庭，我的爷爷一共有兄弟三人，爷爷排行老大。我有一个大伯，三个叔叔，一个姑姑。如果加上另外两位爷爷的子女，叔叔就变成了六个，姑姑就有四个。事实上，我三位爷爷的子女确实是按照年龄统一排行的，这让我学会从 1 数到 10 的年龄比其他孩子早了一些，也让我在以后的日子中，有更多同样疼爱我的人，来分享我的眼泪和欢笑。

按说，我出生的时候，改革开放的春风早已吹遍了神州大地，吹绿了黄河两岸，可是我的家庭（准确说是我爷爷的家庭）却依然贫困。比如，三爷爷暂时借给我爸妈的婚房就很小，很简陋，卧室跟厨房只能用几块简易的木板隔开。我小时候曾经无数次想过：为什么别人家的孩子有辣条和雪糕吃，而我没有？长大后第一次听到"人多力量大"这句话时，我的第一反应不是一大家子在麦田里一起收麦的场景，而是恍然大悟似的总结出诸如"有时候人口多也是导致家庭相对贫穷的原因之一"这样自以为是的道理。

虽然在我的老家农村，重男轻女的思想仍然存在，但是在我大伯家的小哥哥出生一年之后，我这个"千金"的到来，对于整个大家庭来说，仍是一件比多收了一千斤麦子还要开心的事。（后来，我经常会有疑问，那时我的爸妈是不是真的开心，还是开心中有遗憾？）七十多岁的老祖奶甚至说，我出生前，"喜鹊在房檐上来回地叫，还在土房掏洞安了家"。也许，我那头昏眼花又多病的老祖奶，这一次真的没有听错看错。

爸妈给我起名叫静静，也许是取安静、平静义，也许并没有特别的含义。

我叫静静，我的"小日子"却不安静，不平静。

我出生十多天后的一个上午，一家人和几位邻居在屋子里围着火炉聊家常。北方的冬季，天寒地冻，农人们没有事做，也没法做事，大都这样度过，即所谓农闲——我长大到过南方之后，发现南方和北方的不同，我就想，北方普遍没有南方富裕，是不是也跟气候有关呢？

也不知道过了多久，我的"新手"妈妈突然想起了我："孩子还在睡觉……不对啊，这个点应该醒了，怎么没哭呢？"妈三步两步跑到隔着木板的卧室，看到了床上的我——口吐白沫，脸色发紫，嘴唇暗黑，好像断气了一般。

妈妈带着哭腔大喊救命，房间里立时乱作一团。

"可能是煤气中毒了。"有经验的人说，"快打开窗户！"
"把孩子脱了衣服抱到外面雪地上……"爸爸把我抱到外面，
妈妈一边哭一边对我连掐带拧。

多年以后我才知道当时的情形有多么凶险，以至于好几
个人出于好心却悲观地对我妈说："孩子看样子应该是不行
了。拿个好纸箱，把里面整好，备几件好衣服，把孩子放进
去装好封上，在祖坟下角挖个坑埋了吧！"

我七十多岁的老祖奶此时一点不糊涂，她在雪地里和我
妈一个抱着我，一个用她们认为有效的方法对我进行急救。
老祖奶大声斥责关于我已经"不行了"的说法，她坚信这个
来到世上才十多天的女娃还活着，并大声宣布："谁都别动
我的重孙女！她出生前家里喜鹊搭窝，一定是个有福的主
儿，不会就这么死了。我烧香拜佛磕破头，也要把我重孙女
救回来。"

也许是这份亲情真的感动了老天爷，也许我真的是个有
福的主儿，许久，我竟然缓过了气，哇的一声哭了出来。

我又被抱回了屋里。老祖奶和我爸妈上香磕头感谢老天
爷保佑。可是刚磕完头，不知是谁说了一句："孩子虽然活
了，可谁知道脑筋会不会被毒坏？长大了要是个傻子可咋

办?"这么严重的问题，突然扼杀了我获得重生后大家的喜悦心情，满屋满院由热闹陷入了沉寂，如果雪地上掉一根针，声音都会显得刺耳。

一家人又陷入了恐慌，我的糊涂的奶奶带着哭腔说："咱家里穷，又有病人，孩子他三个叔还都没结婚，咱家连个房子都没有，粮食也紧巴。这孩儿长大了要真是个傻孩儿，我们一家哪有钱给她治病啊！下辈子可不要再托生在咱这贫苦人家了。"大家听了，纷纷摇头叹息。

在这决定我生死存亡的关键时刻，我爸止住大家的议论，站出来大声说："老天爷让我闺女活过来了，我就不信咋还要把她夺走！万一这孩子和正常人一样呢？就算真的是傻子，我再苦再累也要挣钱给她看病。"

我爸一发话，大家都不再说什么了。

我终于在这户农家活了下来。

镇上建了一个纸箱厂，春节后，爸开始到这家厂子打工赚钱。因为爷爷奶奶生病需要买药，爸每月除了把这份钱留出来之外，剩下的钱都攒起来——准备给我以后治病用。因为爸也不知道我长大后到底傻还是不傻。

爷爷抱我出去串门时，被人问得最多的就是："你家女娃长大真是个傻孩儿可咋弄？你和她奶奶都有病，还有老母亲，上有老下有小的。"爷爷抱紧我说："这是我家娃，傻不傻我们都要养。"

那天，爸下班后躺在木板沙发上，把我放在他肚子上跟我说话："闺女，不管你傻不傻，爸回到家看见你抱着你，心里就高兴。"说完，爸还开心地挠了挠我的小肚皮。

我可能真的被爸挠痒了吧，竟然看着爸笑了起来。

长大后妈告诉我，那一刻，爸激动得快哭了，他抱起我对妈说："我闺女会笑了，我闺女会笑了!"还没等我妈反应过来，爸又抱着我飞快地跑到爷爷奶奶面前，让我给他们每人笑一个。

后来，我不但会笑了，还会叫爸爸，妈妈，爷爷，奶奶，叔叔，姑姑……他们对我也不再那么严肃和小心翼翼了，他们也开始对我笑，因为我和大家都是一样的，正常的。

多年以后，我看到自己一张一周岁左右时的照片：我穿着厚厚的棉袄棉裤，红扑扑的小脸露着笑容，在一片麦田里，正蹒跚学步。嗯，确实，看这张照片，我还真不像傻孩子的样子。

差点伤了一只眼睛

煤气中毒的事是我10岁那年妈告诉我的。妈说当时发生

这件事，一是因为我太小，抵抗力差，二是卧室里的通风毕竟不如外面房间畅通。幸运的是，从那以后，我家族的大人们吸取了教训，再也没出现过类似的可怕事情。而我们村子和几个邻村，至今几乎每年冬天都会听说有煤气中毒的事发生。

我两岁那年，我妈因病做了一个手术，据说会影响到生育。妈受了苦，可是我在家里的地位却从此提高了，而且全家人都很默契地再也不提我以后傻不傻的事，连玩笑也不再开——如果妈不能再为我生弟弟或妹妹，我好歹都是家里的独苗了。

家里穷，妈做手术又花了很多钱，邻居小孩子们都有"小饼干"吃，我没有，经常会盯着人家手里的饼干出神，实在忍不住了甚至会出手去夺。爷爷不忍苦我，暗地里减少了每月的买药钱，省下来给我买"小饼干"，还对爸妈说：大人再苦，也不能苦了孩子。

随着年龄的增长，我没有显出病态，反而生龙活虎，这让家人更加安心了。妈养好身体之后，爸除了正常上班，还借了钱和妈去外地收购麦子、玉米，再转卖给粮站赚点差价，而我每天除了蹦蹦跳跳追着还是大孩子的叔叔们到处跑之外，最大的乐趣，就是摆弄家里那几张已经摇摇摆摆的旧板凳。

那天，爷爷奶奶在院子里忙农活，我在屋里从老爷椅上往几乎散架的小椅子上蹦，小椅子彻底散架了，一根钉子扎进了我的左眼角，我的哭声响彻整个院子。爷爷跑进来看见我满脸是血，再看到散了架的椅子，便明白了一切，抱起我就往村医务室跑。一路上我的哭声又引来了很多人，有焦急打探的，有热心帮忙的，当然也有看笑话的：这孩子真是投错了胎，还不知道会不会傻呢，现在又要成了瞎子。

　　在医务室简单包扎止住血之后，爷爷问村医：我孙女的眼睛会不会瞎？村医说：钉子扎在眼角，但是有没有扎到深处，会不会瞎？我这儿没有仪器也查不出来。回到家，爷爷对奶奶说：这孩子大灾不断，她妈也不会生了，要是眼睛真瞎了，咱老二就这一个闺女，可咋办？

　　为此，爷爷两天里饭也吃不下，觉也睡不好，他不知道该怎么向我爸妈交代。

　　爸妈回来以后，看到眼角包着纱布的我，都吓坏了。好在几天后拆了纱布，我看东西感觉并没有什么异样，一家人这才放下心来。

　　长大后，我经常从电视上网络上看到一些新闻，大人因为各种原因把小孩单独留在家里，或者仅仅因为小孩脱离大人的视线和照看范围，结果导致小孩发生意外，真是一失手成千古恨啊。

我的眼睛虽然没有瞎，可是左眼角留下了一小块伤疤，至今，每有眼泪淌过的时候，伤疤会隐隐地疼。有时我会想，要是一个人哭的时候，可以选择一只眼睛流泪就好了，我就选择右眼睛，这样我就不会伤心之外再加上左眼角疼了。

　　要是以后这一辈子都不会伤心流泪就更好了。

　　不久后的一天，爸带我去见了一位陌生的阿姨，并说"这是我女儿"。阿姨抱着我看了又看。我不知道爸为啥带我给这位阿姨看，难道是想向人说明和展示一下，他的女儿不是傻子也不是瞎子？还是别的什么原因？

　　我那么小，我可不懂大人的事。

我被电倒

　　人生成长的道路总不会是一帆风顺的，这句话用在我的身上似乎特别合适。

　　我指的不是贫穷，因为三岁多的我还不懂得这些，我说的是另一次极危险的经历。

　　爸不知道从哪儿弄回一些锯末，用来烧火做饭。锯末有点潮湿，不容易点着，点着后也不容易燃烧，爸就又弄来了一个旧的电动鼓风机，放在灶台边。妈做饭时，接通鼓风机，风经由一根铁管吹向灶里，锯末借着风力，呼呼地燃烧起来。

我可能被鼓风机的响声和红通通的火焰吸引，趁妈转身去舀水，蹒跚着走近灶台，左脚刚迈出去，"啪"的一声响之后，我全身一麻，一下子仰面向后摔倒了。

妈听见我的哭声赶忙跑了进来，抱起我查看怎么回事。后来，妈看到我左脚小指处皮肤烂了一小块皮，像烧伤了一般；再往地下一看，接着鼓风机的电线竟然有一块裸露出了金属丝，妈知道我是被电着了。

我真是很幸运，妈也很幸运。我摔倒时，左脚尖扬起，脱离了电线——如果仍旧保持接触，我恐怕是凶多吉少了；接下来妈来抱我，肯定也会被电着……

我被摔得头疼了两三天，妈更是被吓着了。后来，妈说，那以后很长时间，妈只要看到电线就害怕。

我伤眼睛那一次，爸妈没有追究爷爷奶奶的责任；这一次我被电倒，爷爷奶奶也没有追究爸妈的责任。爷爷抱着我说，要是有钱给孩子多买点好吃的好玩的，可能就不会乱跑了。

小孩子在成长过程中，总有些伤害防不胜防。有些伤害过去了就过去了，从没被记起，像没有发生；有些伤害会一直伴随着记忆，伴随着身体。

爸爸的"逃亡"生活

爸妈是自由恋爱。他俩在上世纪 90 年代打破"父母之命，媒妁之言"的传统，顶住农村犄角旮旯的闲言碎语走到了一起，这让我的母亲和娘家有了"疙瘩"。要知道，我的外公家差不多是当时村里的"首富"，米面满仓；而我的爷爷家，却几乎是我们村里的"首穷"，日子紧巴，甚至有时无米下锅。

在我发生煤气中毒事件后，外公外婆来看我，妈妈本人以及爸爸一家与外公家的关系有所修复。可是爸十分要面子，婉拒了外公家对他的金钱和物质的帮助。

我上幼儿园之后，爸还在纸箱厂上班，一天工作十几个小时，挣十几块钱的工资。为了多挣点钱，爸有时下班后还要骑自行车跑到邻村杀猪卖肉。所以，我的家中虽然贫穷，一家人倒是能经常吃到爸带回来的猪肉，我也因此长得比同龄小孩略强壮些。现在回想起来，那也许是爸有意无意间对我的弥补吧。

几年过去，我渐渐长大了，一家三口仍挤在三爷爷家当初借给爸妈的婚房里。许是家人对我太"纵容"，我像男孩子一样踢天蹦地，夸张一点的说法就是"所到之处，家家闭户"。我会把邻居同龄小女孩的头花抓掉，吓得人家哭着跑回家；去外公家，对门的小哥见了我吓得直往奶奶身后钻；一只小狗在我身边蹭来蹭去，我竟"咬死了那只狗"。长大后经常听到一句话"狗咬人不是新闻，人咬狗是新闻"，我竟还真的咬死过一只狗，以至于到现在我看到狗就心生愧疚和爱怜。

我胆子不小，但是有一天突然发生的一件事真的吓着我了。那天傍晚，同村六七个人气势汹汹地来到我家门口，大喊我爸的名字让爸出来。当时爷爷和爸都不在家，妈大着胆子上前询问是怎么回事。对方只是说我爸把他们打了，至于为何打，并没有详细说。他们在我家屋里屋外找了一遍，没找到我爸，不甘心，就报了警。我一见警察来了，想到可能是来抓爸，哇的一声就哭了，大叫着要爸爸。直到确定我爸不在家，那几个人才悻悻地走了。

那些天，我一直没见到爸，也不知道爸去了哪里。那些人三天两头就要来我们家闹上一闹。

过了好多天，一个晚上，爸突然回来了。许多年后我仍然记忆深刻的是：那晚，爸在家里睡，和妈把木头门的门闩上，又搬了铁衣架顶住门，床头还放了一根粗钢筋棍。然后，爸抱着我睡着了。第二天醒来，我没有看见爸，问妈爸去哪儿了，妈说："千万别对人说昨晚你爸回来过，谁问你见爸没有，你就说没有。"我糊里糊涂地点点头。

傍晚的时候，我看到老祖奶端着一碗饭往胡同那边去了，我出于好奇跟在她身后，远远地看到老祖奶旁边坐着一个人正在吃那碗饭。我走到跟前一看，那人竟然是爸。接下来的几天里，爸白天躲在那里，有时晚上回家睡觉，但床头的那根钢筋棍一直都在。

好几年之后我明白一些事理时，才知道那些人为什么找爸。原来，就在一群人来我家找我爸的那天上午，爷爷兄弟三人还有爸去村里的小分队开会，商讨耕地分配问题。由于分配方案对我家明显不公，爷爷不同意，起了口角，他们便围住爷爷开始推搡辱骂。我爸在外围看到爷爷受欺负，哪里忍得下，拿起板凳对几个领头的抡过去，对方有人受了伤，我家人也趁机散去……爸也因此过起了"逃亡"生活。

这样躲躲藏藏的日子过了几个月，爸终于可以安心回家住了，"时刻准备战斗"的日子也结束了。

但是后来，爸还是在万般无奈中，以另外一种方式，被迫为此"还了债"。

我有妹妹了

我六岁时，妈怀孕了，全家人都很激动——原本家人都以为妈妈不能再生育，没想到她竟然又怀孕了。检查是个女孩，妈不愿意要，说已经有一个女孩了（妈并不知道那场手术会影响到生育）。爸和爷爷执意要，说不管男孩女孩我们都要，万一静静以后变傻，也有个人照顾。爸求外公外婆来劝妈，说：就静静这么一个娃，多孤单，再生一个和她做伴，也好过她一个人没有兄弟姐妹，以后有事连个商量的人都没有。

医生也说，既然怀孕了就生下吧。于是，我的妹妹带着"重大使命"来到了这个世界。

除了接生婆，我这个小姐姐是第一个抱她的，看着小小的人儿在我怀里的可爱模样，我开心得不得了。

妹妹长得很漂亮，我一有时间就会抱她，陪她一起玩。和漂亮的妹妹比，我这个姐姐长得真丑，而且越长越丑，一点女孩子样儿都没有。爸和妈经常会感慨："咱俩都不丑，为啥大闺女这么丑！"后来老祖奶干脆直接管我叫"丑丑"了，家人甚至也渐渐用这个新名字代替了"静静"。

长大后我看到网上的新闻，说许多年轻的父母想要二胎但是很顾虑老大的感受，还有所谓"熊孩子"得知妈妈要给自己生弟弟妹妹，发脾气啊抗拒啊甚至以死相逼，我觉得这真的是太矫情了。我的感触是，且不说十来岁的孩子是否真的懂得这些，就算有什么所谓的意见，也不过是一时的"孩子气"而已，一个小屁孩一时的小脾气难道还真的决定了弟弟妹妹能否来到这个世界？等真的见到一个可爱的小娃娃每天能陪在自己身边，作为小哥哥小姐姐，开心还来不及呢！

有了妹妹之后，虽然我原本好吃的好玩的就不多，但我总是想着先给她吃给她玩。当然，有时我也会"欺负"妹妹，和她顶脑门把她顶倒啊，拧她一把就跑啊，拿着一块糖高高举起让她够不着追不上啊……妹妹给我带来了很多快乐。

爸爸为了新房子"赔罪"

家里的房子住不下了，叔叔结婚也需要房子，爸和妈就商量要盖新房子。

暮色下，妈怀里抱着妹妹，手里牵着我，匆匆走到一户红油漆大门前敲门。门开了，一位官家模样的男人走了出来。按辈分，我唤那男人"爷爷"。他转身回屋，我们娘儿仨跟在他身后进去。妈跟那爷爷说明了来意：我家想申请宅基地（我们那儿叫"放地"）。爷爷听了，叹了一声。话说开来，我在一旁也听得八九不离十。爷爷的意思是，放地不是他一个人说了算，还要请其他几个队长一起来商量——而那几个人，正是当初跟爸打架的人。

爷爷跟妈说："不是我有意为难你们，当初的事结下的梁子直到现在也没解开，这地，我一个人放不了。"妈妈说："我是你的侄媳妇，我叫你一声叔。当初，就是因为分地不公才出的事，他们也有责任；再说，有人要打自己的爹，作为儿子，他在场哪能不动手？能眼看着自己的爹挨打？您想想是不是这个理……"

那位爷爷半晌没言语，想了想，最后跟妈讲："你让孩儿他爸摆个酒，我把他们都叫上，一起吃个饭把这事说开。咱就委屈委屈，先让他们把这地给咱放了。"

几天后，爸和妈拿着红包，又带了酒出去了，我在家带妹妹，隐约感觉"放地"的事情有了眉目。

果然，第二天，我家人和另外几个人就在一片空地上走来走去，还拿着尺子量。我知道我家要盖房子了，就要有新家住了，我欢呼雀跃着跑来跑去。

几年后，我听妈和婶婶谈起当年盖房子的经过。爸请那些人吃饭时，那位爷爷对爸说："去给你爷（对方中的长辈）跪着端杯酒赔个不是，以前的恩怨就一笔勾销了，明天咱就量地放桩基。"

我看到妈说起这些的时候，眼泪快要流下来了。我安慰妈说："爸是为了我们一家，能屈能伸。"

爸爸"逃亡"和"赔罪"的经历，在我幼年的记忆中，算是印象比较深刻的两件事。此后的好多年里，每次我从外面回来，在家门口，看到漂亮的房子，宽阔的院落，想到那个给了我生命给了我一个家的男人，我的心里说不上是悲凉还是温暖。

我家盖上新房子

爸妈借了很多钱，开始盖新房子。

我家盖新房子，我是全家最开心的人了。

平时，家里是没有什么好菜吃的，大白菜是我最常吃的菜了。因为缺少味道，我喜欢多放辣椒，多放盐，这也让我养成了口味重的习惯。

可是家里盖房子的时候，我就能跟着吃到好吃的饭菜了。我们村里人家盖房时，都是请街坊邻居来"帮工"，"帮工"是不给工钱的，但事主家要负责一日三餐，干活时间里要茶水香烟伺候。

工人们上桌吃饭，我作为小孩子是不能上桌一起吃的，要在一旁等着大家吃完再吃。我总是担心饭桌上好吃的被吃完，过一会儿就假装路过，往桌前凑一凑看看还剩没剩。

那天的晚餐，两个饭桌上每桌都有一条鱼。炖鱼的味道可真香啊，他们吃着，我忍不住到饭桌前去看。不好了，其中一个饭桌上的鱼就要被吃光了，我有点着急，不敢再继续看，心里希望他们的筷子不要再去夹鱼。

这个饭桌上的鱼还是被吃光了。幸运的是，另一桌可能是因为吃饭的人少了两位吧，竟然还剩了一点点鱼。妈知道我的心思，把这剩下的鱼都给了我。

我不急着住新房子了，我宁愿房子盖得久一些，那样我就天天有好吃的了。

当"留守儿童"的日子

房子盖起来，装修就谈不上了。我们搬进去之后，门是一块可以移动的大木板，窗户是用油布临时遮挡的。

那些日子，爸还是在纸箱厂上班，一天十几块钱的工资。因为盖房，也无暇去杀猪卖肉了，家里的伙食比以前更差，一家四口几个月吃饭不见油，都是水煮白菜下面条或者面汤配咸菜，更不要说我和妹妹能吃到零食了。妈兜里装了10块钱，一个星期后那10块钱还在兜里装着——她舍不得买任何东西。我穿的衣服也都是表姐送的旧衣服。那几年，新衣服对于我这个小女孩来说，是一种奢望。

有一天，我听大人们议论，说妈又怀孕了。这对于我们这个贫困的家庭来说又喜又悲，不知道以后的日子会是怎么样。但爸和妈还是决定生下这个孩子。

因为是超生，为了躲避"抓计划生育的"，爸和妈带着妹妹偷偷住在了爸上班的纸箱厂，正在上小学的我成了"留守儿童"。

奶奶仍住在老院子里，爷爷陪着我住在门窗透风的新家。新家里原来的软床垫、电视机和衣柜等都搬到邻居家了——怕有人来把这些东西都搬走。爷爷特别交代我："对外人不能说妈妈怀孕了，要问妈妈去哪里了，就说到外地打工了。"

新家就剩一床疙瘩得不能再疙瘩的破棉被和一个木板床，晚上我和爷爷挤在一起，嫌冷的时候就往爷爷怀里拱一拱。白天，爷爷很早起来给我煮粥，我吃了后再走路去上学。

新房子还没有通电，有时候布置的作业很多，天黑之前我根本就写不完，爷爷就拿上凳子陪我到路边的路灯下写作业。灯光昏暗，我的作业本上的字几乎都是保量不保质。天越来越冷了，在路灯下写字的我冻得手直哆嗦，爷爷便买了蜡烛陪我在家里写。为了省蜡烛，我去上厕所的时候爷爷都会先把蜡烛熄灭。

爷爷喜欢听收音机放戏。晚上我写完作业后，爷爷就会打开他的破"匣子"，专门找豫剧听，像《穆桂英挂帅》《打金枝》等名段，我跟着爷爷不知听过多少遍。爷爷高兴时还会跟着收音机唱上一会儿，我也因此跟着学会了几段，我当时不太明白唱词，但是唱腔都印进了脑海。

我们一老一少在一起生活，爷爷教会了我煮粥，炒菜，烙饼，包饺子，说外面的饭呀饼呀都太贵，还是自己在家做，好吃又省钱，还说我以后嫁人也不会被嫌弃不会做饭。

那时爷爷的身体并不好，我总想着能替爷爷分担点家务。家里没有水井，吃水都是爷爷用水桶和扁担从邻居家挑回来。我趁爷爷不在家自己弄水。起初，我用手拎，只能拎半桶水。我发现这样效率太低，要往返很多次才能把水缸填满，太累，手也被磨出了血泡。于是我也学爷爷用扁担挑，每个桶接不到一半的水，可我掌握不了平衡，很多次被水桶砸到，或摔在地上，弄一身的泥水。摇摇晃晃的水桶，摇摇晃晃的小女孩，在几十米长的路上往返，谁也没看到扁担下面破了皮渗出血的肩膀。

有时我很懂事，可是作为一个小女孩，我也想要穿花衣服，也想吃零食，而这些对于家庭贫穷的我来说，都是天方夜谭。

一天，吃过午饭去学校时，我不小心碰掉了爷爷的外套，里面滚出几毛钱硬币。我心里忐忑地想，这件衣服爷爷好几天没穿了，这几毛钱他应该忘记了吧，我拿走花了他应该也不会知道。我心口扑通扑通跳得厉害，在心和嘴的斗争中，我站在了"嘴"这边，我把那几毛钱拿到学校买了零食，辣条和糖果的美好味道充斥着味蕾，我心里那份偷拿钱的不安也随之消散。

第二天，东窗事发，爷爷问我，他兜里的钱呢。我不敢说话，爷爷知道是我拿去了。我想承认又不敢承认，我知道做错了事情，说出来会被爷爷打。可是最后，我虽然没说，还是被打了一顿，我一边挨打一边承认了。我哭着说天天看到同学们买好吃的，我从来没有；他们都有好看的衣服，我也没有。爷爷打完我，又把我拉在怀里说：咱家虽然穷，但是不能"偷"。现在不打你，就怕你以后再犯错。爷爷知道苦了你，但是这顿打，是要让你长记性。

我承认我当时怨恨过家里的贫穷，也怨恨过爷爷打我。多年以后我在离家很远的城市写到这些时，内心里是感激，感恩。当时爷爷打了我，让我在以后的日子没有再犯错；又让我懂得，人穷，不是穷一辈子，只要努力，一定能够改变。

我曾经拥有 5 块钱

爸有时会回来看我和爷爷，给我带两根棒棒糖或者给我一两毛钱。

有一天我跟爸说想妈了，爸说等周末就带我去见妈。

周五下午爸回来了，骑着自行车带我去找妈。这是我和妈分开以后第一次见到她，她的肚子已经很大了。我又看到妹妹了，抱着她亲了又亲。妈托人在街上给我买了凉粉，我依偎在妈身边，吃得真香。院里做泥人的老伯，送了我很多泥娃娃，有绿的、粉的、黄的、红的，栩栩如生，我长这么大还是第一次拥有这么多玩具。

这一天，我还差点拥有一笔巨款。

我去厂里的公共厕所，竟然看到厕所里有 5 块钱。我拿小棍子把钱挑出来冲洗干净，然后如获至宝一般把它捧着，又举着，在阳光下闻它的味道，那洗不净的臭味简直比玫瑰花都要香。我甚至开始想象，这 5 块钱可以买多少根棒棒糖，多少块饼干……

可是回屋见到妈时，妈正好在翻身上的口袋，说丢了5块钱，问我看到过没有。我顿时傻了眼，跟妈实话实说在厕所里捡了5块钱。我本以为这么久没见妈，妈会把这张又脏又臭的5块钱给我，可是事情并不如我意，妈把5块钱收了起来。我长这么大拥有最大一笔钱的时间没超过10分钟。

走的时候，妈允许我把老伯送的泥娃娃带回家。我把泥娃娃都小心翼翼地装到篮子里，紧紧抱着，心里总算平衡了一些。

童年，傻傻的快乐

我的童年记忆里，除了泥娃娃，还有一些同其他孩子一样简单的傻傻的快乐。

我曾是小小牧羊女，和爷爷一起去田野里放羊。我拿过爷爷手里的皮鞭赶羊，那鞭子怎么甩也没有爷爷甩得响亮，倒是把羊吓得四散奔逃。我怕它们跑丢，赶紧去追，我越追羊越怕，也就跑得越快，我追不上，干脆坐在地上大哭。爷爷却在远处哈哈笑，说你不用管它们，一会儿就会回到羊群里来了，我这才破涕为笑。爷爷从怀里掏出两块小饼干给我，不知道是对我的安慰还是对我帮助"放羊"的奖赏。

老家的麦地里有棵柿子树，很是粗壮，要两个人伸起胳膊才能圈住它。现在我长大了，它还是如我初见时的模样。记忆中，深秋时节，金灿灿的柿子在枝头摇曳，我和爷爷奶奶去摘柿子。我像小猴子一般爬上树，坐在树干上摘下一个，咬一口，有点硬，扔掉，再摘一个，再咬一口，还是扔掉。这时，奶奶的训斥声从树下传来，我在树干上晃着腿说奶奶你现在想打我也够不着啊。奶奶的训斥变成了叮嘱，说你可别像柿子一样掉下来，然后弯腰一个个把我咬过的没咬过的柿子从地上捡起来拿回家做成醋。

对于小孩子来说，一年中最高兴的日子还是春节。每个小孩都盼着春节时的好吃的、新衣服、压岁钱。春节那几天，能吃到平时难得一见的炖鱼和炸虾，每个菜里也都有肉，我吃得嘴唇泛着油光。

我最喜欢到几位爷爷奶奶家里拜年，作揖磕头只是仪式，小小的心思都在作揖磕头之后：偷偷瞟一眼爷爷奶奶从兜里掏出的钞票有几张，硬币是大还是小。紧张又开心地接过来，妥妥地攥在手里，跑到旁边偷偷数一数，喜滋滋装进兜里，再拍一拍按一按——拜年算是结束了。

春节期间，村子里的秧歌队每天都会扭秧歌，踩高跷，拉小车。我最喜欢追着队伍听敲鼓打锣的声音，"锵锵锵锵锵，锵咚锵咚锵"，铿锵有力的鼓点伴着大人的秧歌步，我越看也越觉得起劲儿呢。

我又有了弟弟

我的奶奶是典型的没有文化的农村妇女，糊涂而又固执。当"留守儿童"期间，奶奶虽然也会照顾我，但是经常埋怨说我成了她和爷爷的拖油瓶。

那天下着大雪，我放学时直接回到了老院子。刚进屋，奶奶跟我说："快回你家，你爸妈回来了。"我激动得手舞足蹈："我妈妈生了小弟弟吗？"奶奶说："不知道，你回家看就知道了。"

那条一里长的被雪覆盖的街上，我上身穿红薄外褂，腿上裹着一条不到脚踝的黄色裤子，脚穿一双红色露脚面布鞋，一路大笑着从东头跑到西头，湿了鞋子，冻红了手脚和鼻头，却一点都不觉得冷，在一座房子前停下来，又飞快地冲进去。

我看到了躺在床上的妈妈，还有妈妈身旁正在熟睡的弟弟。我有弟弟了！我凑到弟弟身旁，弯腰仔细看他的小脸。真好玩啊。

等我抬头时，却看到妈正盯着我，眼泪都流下来了。妈用手揉了揉我冻红的脸，让我脱了衣服鞋子钻进被窝，又让爸烧热水。当时，我不理解妈妈为什么哭，只听到她说：没有妈的孩子真可怜。我光着身子被爸抱到大水盆里，被热水浸泡的感觉特别舒服。我洗完澡，爸在一麻袋衣服里给我找了棉衣棉裤，又从另一个包里找了一双棉鞋。那棉鞋是姨姥姥给做的，留着让我过年穿的，爸看我实在没啥穿了，就拿出来给我穿上。

有了弟弟，我做姐姐的任务就更重了。放学之后，我除了写作业就是帮着带弟弟妹妹。毫不夸张地讲，妈生了弟弟，但弟弟其实是被我带大的，这一点连妈都承认。直到如今，我和弟弟的感情一直非常好。

家里人口多了，老祖奶和爷爷奶奶都体衰多病，盖房子还欠了很多账，爸一天十几块钱的工资是远远不够的。爸向本家一位大伯借了钱，买了一辆二手三轮车，和妈带着弟弟开始到灰厂拉灰卖给盖房的农户。铲车装一车要十五块钱，为了省下这笔钱，妈特意带个竹席子，在旁边铺开，把弟弟放在上面，再给他一点薯片，让他自己边吃边玩，爸和妈就用铁锹一锹一锹往车上装。灰厂附近有一条铁路，弟弟听火车"咣咣咣"的声音和汽笛声听得多了，回到家会咿咿呀呀地跟我学。

爸妈经常很晚才回来，做晚饭的任务就落在了我的头上。每天放学后，我赶紧写完作业，然后开始做饭。爸和妈过了多年的穷苦日子，我们在外面吃饭馆的次数掰着手指头都能数得清。

周末不上学的时候，我会跟爸一起跑很远的路去山上找灰。那时候在路上我们还有很多话说，没想到几年后，我们虽是父女，却又像陌生人一般。

不知道为啥，妈开始经常打骂我

不知道是不是因为有了弟弟，妈对我的态度变了。

我偷吃了妈坐月子时吃的红糖，妈去厨房吃饭的时候，为防止我第二次偷吃，就把卧室的门锁上了。吃饭的时候听见弟弟在卧室里哭，妈准备开门的时候才发现没带钥匙，把火都撒在了我身上："都是你！要不是你偷吃红糖，我会把门锁上？现在钥匙也没拿，看着孩儿在屋里哭，你高兴了？看你以后还偷吃不偷吃了。再偷吃，我撕烂你的嘴。"我低头抠着手不敢说话，听着弟弟哭我也很焦急。爸把门上的玻璃卸了，钻进屋把门打开。

我坐在门外的凳子上哭了，谁也没注意到我的难受。我在想，如果平时有好吃的，哪怕是一块糖，我至于偷吃红糖吗？一个七八岁的小女孩，实在挡不住红糖那甜甜的诱惑。如果妈能理解我，还会骂我吗？妈骂我的时候，考虑过我的感受吗？

妈妈坐月子的时候，姨姥姥给我和妹妹各买了一套衣服，说是给我们过年穿。妹妹对于新衣服还没有概念，我拿着新衣服赶紧去试。妈一声吼："你现在穿它干啥？是让你过年穿的，现在穿脏了过年别想给你买新的。"我怯怯地脱了新衣服，小心翼翼地把它叠起来放在柜子里。

叔叔元旦结婚，妈准许我穿新衣服，我头天晚上就把新衣服放在枕头边上，生怕衣服会丢了似的。第二天一大早，我穿上新衣服，和大伯家的哥哥还有姑姑家的哥哥姐姐，一起拿着喜字端着糨糊从老院子门口贴到大街上。糨糊弄脏了衣服，免不了又是被一顿骂。

春节时，我真的还是这套衣服。不幸的是，初二那天去奶奶的娘家走完亲戚回来，我从三轮车上往下蹦的时候扯坏了衣服，又被妈在大家面前骂了一顿，说我整天爬高上低没有一点女孩子样子，说让我滚。我哭了。

那时候，我多希望我的妈妈是个温柔的女人，我扯坏了衣服的时候能说："孩子，没关系，妈妈回去给你缝缝就好了。"

爸说让我和他一起去拉灰，我屁颠屁颠地就跟着去了。

傍晚卸完车回家的路上，爸发现手机不见了。爸仔细回忆，认为是刚才卸车前，爸爬上车看头顶的电线碍不碍事，再跳下来的时候手机掉出来了。爸回去找，却没有找到。

我心慌得很，爸爸会不会怪我，妈妈回家会不会发火？回到家后爸把丢手机的事跟妈说了，妈真的又怪到我头上："要你能干啥？你去了也不看着点，把手机弄丢了。"我不敢说话，生怕惹急了妈妈我会更倒霉。

也是巧，第二天，二姑来我家串门，骑的电瓶车停在院子里。我从来没骑过，见钥匙在上面，就偷偷地推出大门骑走了。到了一个桥坡上，我本来是想拐弯，没想到却按了加速，一下摔到桥坡下面。路人帮我把车推上来，我发现车的前叉坏了，心想这下我死定了，等待我的肯定又是暴风骤雨。那路人好心到我家报信，结果我还没进家门就听见妈吵骂的声音，车子是二姑借来的，弄坏了肯定要赔。我进了门，妈也不问我有没有摔伤，先是给了我一巴掌，然后就当着邻里的面拿扫把打我，还骂我是灾星，又提起昨天我跟爸一起出车丢手机的事。

我以前太小不懂少，这时稍大一点，觉得妈妈是一个脾气很差很凶的女人。我想知道妈妈现在为什么这样。

我首先想到的是因为贫穷，爸爸家的贫穷把一个曾经的富家女孩磨成这般模样；我还理所当然地想到是因为有了弟弟，甚至妹妹——妹妹长得比我漂亮，弟弟是家里的宝贝疙瘩，我一个又丑又调皮惹事的女孩子，能算什么呢？

我越想越伤心，躲在屋里偷偷哭了半个小时。当然，妈妈只知道我在哭，只知道我是因为被打被骂了才哭，不知道我想到了比被打被骂更伤心的事。

有一天，妈和爸吵架了，说爸去见了一个女人。我隐约想起来，我小时候爸也带我去见了一个女人，不过我还是没想过这之间会有什么联系，没想过妈这样对待我跟这个女人有什么联系，更没想到，在这之后的几年里，我因此过着怎样煎熬的生活。

我把弟弟摔丢了一块肉

大晌午，弟弟非要坐在自行车上让我推着他出去玩。我把弟弟放在车子的横梁上，再让他双手抓住车把，我一只脚站在脚踏板上，另一只脚频频点地，车子"启动"了，溜溜地跑，弟弟开心地傻笑，我骑得更加起劲了。突然，车子撞上了电线杆，猛地摔倒了，我看到了弟弟手上的血，顾不得自己疼痛，赶紧爬起来抱起弟弟。晌午的乡村是安静的，弟弟的哭声打破了宁静，爸妈很快赶了过来。他们倒是没打我，也可能来不及打，我自己先吓哭了。

在村卫生室简单处理后，村医说："娃手指头少了一块肉，骨头都看得见。去镇上吧，需要缝针，我这里没有麻药，孩子受不了。"我蹲在门外听到屋里医生的话，眼泪流得更厉害了，脑子里想的都是弟弟的手会不会有事，倒是把爸妈会不会揍我的恐惧抛到了脑后。

我真的愿意替弟弟受伤，他是我最疼爱的人，也是对我最好的人。

家里的零食很少，妈买回来的零食总会锁在柜子里，有时会给我吃一点，大多都是留给弟弟妹妹吃。弟弟年纪小，却会把自己的零食给我留一半。有一次，妈给弟弟买了一毛钱一根的薄荷冰糕，弟弟拉着我在门口的石头上坐着，他咬一口，让我咬一口。

有时妈打骂我，我特别难受，总会偷偷哭，弟弟就陪我躲在屋里给我擦眼泪，还会拿些本属于他的零食安慰我。

缝完针回来，妈没有打骂我，只是说："不怪你，你爸这几天做梦总是梦到开车翻车手伤了。这次就算了，以后再看孩子要操点心。"

我回到电线杆下，低头来回找弟弟手上掉的那块肉，却始终没能找到。这一生，我对弟弟都是歉疚的，他的小拇指受了伤，每次牵起他的手，我都要紧紧地攥着。

我的老祖奶

我十岁那年，我的老祖奶去世了。

老祖奶一直和二爷爷一家生活在一起，我从记事懂事起，印象中跟老祖奶在一起的时间并不多。妈说我小的时候，老祖奶很疼我，比我的奶奶抱我带我的次数还多。那时老祖奶七十多岁，还勉强能抱得动我追得上我，可能随着我长大，老祖奶渐老，想照顾我也有心无力了吧。

我记得我七八岁时，有一天晚上，老祖奶从我家返回她的家，妈带着我去送。路上，妈一边拉着我的手，一边拉着老祖奶的手。我那时还不懂事，说："老祖奶，你是大人了，怎么还让妈拉着呢？"我听见老祖奶和妈都笑了。妈还说："以后你也这样拉着妈。"我当时还不明白妈的意思。若干年后我想起，那时老祖母已经近八十岁，是步履蹒跚的老人了。

一天下午，二爷爷家的叔叔急急跑到我家，对爸说："二哥，奶奶不行了。"我那时已经知道"不行了"的意思，跟着爸妈跑到二爷爷家，看到老祖奶躺在床上，面容安详，却已经没了呼吸。叔叔跟爸讲，老祖奶上午还好好的，吃午饭时也没发现什么异常，可是睡完午觉差不多该醒来时，却一直没有动静，叔叔去叫她，这才发现老祖奶已经"走了"。

老祖奶平时身体没有大毛病，邻居们都说，老祖奶享寿八十，无疾而终，没病没灾没遭罪，算是喜丧。

我那时还小，竟然对老祖奶的去世没有表现出太多的悲伤，只是看到别人哭，我也跟着哭了几声，然后被大人拽着，糊里糊涂地磕了几个头。

唯有那个夜晚，那昏黄路灯下三个牵着手的长长短短的身影，留给我童年时代难得的一次温暖美好的回忆。

我的小学记忆

我小学时的学习，爸妈基本是不怎么管的。他们的意思是："自有老师管你们。"当时，不仅我爸妈有这个想法，村里几乎所有的家长也都是这么想的。不能说家长们不重视孩子的学习，这个观点其实也能反映当时的老师们对学生教育的负责。

我能把爸妈跟我小学生活关联起来的记忆很少。印象最深的一次，可能是在一二年级吧，我换乳牙，在学校上着课呢，牙掉了一颗，一直流血不止。我吓哭了，老师赶紧通知我妈来学校，妈骑着自行车带我去村医务室。可是半路上，血竟然止住了。我不是高兴，而是有点害怕：这可怎么办呢？妈会不会说我没事找事？我只好捂着牙继续喊疼。最后，村医给我拿了一瓶药水让我回家漱口，妈也让我当天在家待着没有去上学。

后来，我长了两颗虎牙，有时我看着镜子里自己的虎牙，哭笑不得地想：是不是因为我那时骗了妈，所以这两颗牙像匹诺曹的鼻子一样长长了呢？

小学时代我几乎没有课外书可看，更不用说什么课外兴趣班。跟爷爷一起生活的那段时间里，我也喜欢上了听收音机，戏曲、小说连播，是爷爷最常听的，爷爷偏爱听戏，我更爱听小说。我听过刘兰芳播讲的《岳飞传》，单田芳播讲的《三国演义》，还听过孙敬修专门讲给小孩子的《西游记》。我至今记得，初中时，我还曾跟一位同学"合资"买了一本《西游记》，就是因为小时候听到的《西游记》故事太精彩太让我好奇了，只可惜买来书看，却怎么也找不到当年那种兴奋的感觉了。

长大后我曾回想，我在和爷爷听收音机的时候，我的同龄小伙伴们大多正在跟爸爸妈妈看电视。这可能是作为"95后"的我的一段独特的成长经历。后来喜欢文学，我隐约觉得跟小时候这段经历有些关系。

总体来说，我小学时的成绩不是很好但也不差。那时我还不知道"穷人的孩子早当家"这句话，现在想来，不傻也不笨的我，如果没有那么多"家务事"，而把更多心思和时间用在学习上，我的成绩应该会更好一些。

　　小学时，有一段现在想来还十分珍贵十分美好的回忆。五年级时，我们的课间操是一段集体舞。小男生小女生们手拉手站成一个圈，校园大喇叭开始播放《校园多美好》这首歌。我的手和男同学的手紧紧拉在一起，一边跟着喇叭唱"校园多美好呀，处处有芳草。待到明朝，百花吐艳，风光更妖娆……"，一边随着节拍转起来，跳起来。

　　十一二岁的我们，还不懂得男女情感，但是下课后，我们会飞快地跑到操场，站在有好感的异性同学身边。拉起手的时候，小脸会红扑扑的；曲终手散的时候，会装作不在意，但是心里隐隐会盼着明天课间操时间早点到来。

　　我在小学时学会且至今仍经常哼唱出来的一首歌叫《我是明星》，这首歌是校长亲自教的："有一个梦，由我启动，把汗水融化成满脸笑容……每一个人，一样有用……我是明星，点缀天空……"当时，年幼的我并没有过多思考歌词的内容，可是，就我后来的人生经历来说，这首歌冥冥之中似乎早早为我唱起……

治病的黄河泥巴水

有一段时间，我三天两头流鼻血，奶奶听人说地里有种带刺的草，捣碎后加白糖水喝能治流鼻血，便去地里找"刺刺草"。

奶奶那一双因常年关节炎而变形的手，在挖草时被扎破流了血，却顾不得疼，挖了小半背篓后，佝偻着身子，背着背篓三步并两步往家跑，急着给我煮水喝。我端着绿色的草水，咕嘟咕嘟喝下去，甜里带点草香，没有想象中那么难喝。

可是这个偏方并没有缓解我的症状。正上着课，鼻血又突然流出来，慌了神的老师赶紧叫我妈来，对妈说带我去镇上检查一下。在村医务室止住血后，妈怪我："谁让你整天吃辣的，上火流鼻血死了你怪谁?"我不敢说话，妈也没有带我去镇上医院检查。鼻血还是三天两头流，我因血气不足整天浑浑噩噩，头也懒得抬，话也不想说，一点精气神都没有。

爷爷又打听到了一个偏方：用黄河退潮后岸边的"胶泥片"煮水喝，能治这种病。爷爷蹬着自行车跑到黄河岸边，给我弄来了"胶泥片"。看着黄了吧唧的泥土，我内心里既抗拒又怀疑。爷爷可不管这些，煮了泥巴水让我喝。有几个人喝过泥巴水呢？一股土腥味，满嘴的泥沙，我都快吐了，还是硬着头皮憋住气往肚子里灌。

我一天喝一次，喝了一个月，真的不流鼻血了。爷爷说既然管用那就再喝俩月巩固一下，结果，我与这泥巴水打了三个月的交道。别说，那以后，我一直没有再流过鼻血。

如今，长这么大，我养成了一个习惯，如果心里有什么烦心事，我总是喜欢到黄河岸边坐一会儿。经常听到有人说黄河是"母亲河"，我真觉得黄河救过我的命。

我是"优秀之星"

小学六年级时，县里举办"学生文明风采展示"比赛，我因为会唱几句豫剧（现在想来真是惭愧），幸运地被选为学校代表去参加比赛。

我没有像样的衣服，也不敢说让妈给我买新衣服。在村民们的眼里，孩子有学上就很不错了，参加比赛之类的根本不会被重视。

比赛前夜，我偷偷从衣柜里翻出妈妈的白球鞋，又从表姐给我的衣服中找了上衣和裤子。我怕妈知道我穿她的鞋子，第二天一大早把鞋装进书包，急慌慌跑出了家——后来妈还是知道了我穿了她的鞋子，不过也只是嘴上说了我两句。

我参赛的节目是演唱豫剧表演艺术家马金凤的经典剧目《穆桂英挂帅》选段。这可是我好几年前就跟着收音机学会的。学校老师重新给我找到唱词，指导我练习了几遍。十二岁的我虽然表现稚嫩，但是"矬子里拔将军"，最终竟获得"优秀之星"奖。那张奖状，现在仍然保存在我小学母校的档案室里。此后这么多年，只要是参加艺术表演，我唱的仍是这段《穆桂英挂帅》。

爸妈对我这次获奖的态度是"聊胜于无"，在他们眼里，我只不过是去县城的一所更大的学校里，唱了几句早就听过无数遍的家乡戏而已，一个小丫头，能懂什么，能唱出什么，一张奖状也不能当饭吃。

但是爸妈不知道，即便已经过去近十年，我仍然觉得我十二岁时的那次参赛和获奖，是我人生中一次十分珍贵和重要的经历。到县城参加比赛，让一直在农村生活的我开阔了眼界，知道了生活原来有比上学放学、带弟弟妹妹更丰富多彩的事；而获得"优秀之星"奖，更是给了我这个一直怯怯生活的小女孩以信心和鼓励，这个信心和鼓励，是我的爸妈从来不曾给过我的。我内心里最简单最直接的快乐，就是还有人认可我。

我想离家去上学

我的小学生活就要结束了。

回想我的童年时期，最深的记忆，一是家庭的贫穷，具体体现在我这个小女孩身上就是饭菜简单，没有零食吃，没有新衣服穿；二是放学放假就要照顾妹妹和弟弟；再就是，爸妈之间的吵架和对我的打骂。

妈妈很凶，跟爸爸交流也少，这让我很不愿意待在家里，生怕哪点做得不对惹他们生气，招来打骂；可我躲出去找小伙伴玩，回来后也要被训斥"小女孩怎么到处跑"。一时间，我真的不知道该怎么办。

不知从什么时候起，我竟想离开他们。

终于，在"小升初"的时候，我发现我有了离开家的可能，我做梦都想着离家去县城读初中。

第二章

初中：离家出走的惨痛教训

没能到县城读初中

"小升初"时，妈带我去县城一所初中参加考试，这是我们县里最好的中学。可就在这人生的关键时刻，我自己又把自己耽误了。

早晨起床时，不知咋回事，我开始头重脚轻恶心呕吐，我自己坚持着到村医务室买了一包药吃下，也不敢跟妈说我生病了，生怕错过这次机会，我深知能参加这次考试已经很难得。赶到学校进了考场等待发卷子的时间里，我更加恶心难受，喝了两口水压一下，还是吐了出来，吐完后我趴在桌子上几乎抬不起头来。可我不敢也不想跟监考老师打报告，既然来了，我还是要试一把。

我坚持着答题。考试结束，我蔫蔫地走出考场，这才跟妈讲了我今天从早晨到现在的情况。妈这次没有埋怨我什么，可也并没有对我因为生病没考好而表示惋惜。

妈带我到住在县城的外公家里休息。我躺在床上翻来覆去难以入眠，突然想起妈说过，如果我考不上的话，也会想办法找关系让我去那所中学上学，我一时又激动地傻笑了。原来，妈没有为我没考好感到遗憾，并不是不关心我，而是她心里已经有计划了啊。

可是我还是想得太简单、高兴得太早了。几天后，妈跟我说：就你考那点分数，我和你爸都不好意思去找人，你就在镇上读初中吧。

听到这话，我倒觉得是我自己对不起爸妈。那时我明白了，分数不但是我的面子，也是爸妈的面子。

我离家读书的梦想彻底破灭了。

我在黄河边坐了一下午。我想像黄河一样流向远方，可是我的力量太弱小了，连个漩涡都卷不起。

回家后爸对我说，给你买辆自行车你骑车上下学。我心想，既然不能去县城读书，我要求买一辆好看点的自行车爸应该会答应吧。我小心地跟爸说了我的想法，可是爸说"好看有什么用"。爸穷苦惯了，从小使用什么物件都讲究廉价实用，好看不好看都在其次。最终，爸没有答应我的要求，而是买了一辆二手自行车，刷了漆推回家给我。

我骑着翻新后的自行车开始上初中了。那车虽是旧车，但毕竟新刷了漆，看着还算过得去。

长大懂事后回想我上初中的经过，我觉得和如今大部分家长想方设法、挤破脑袋让自己孩子上重点校名校相比，我的爸妈在这件事上落伍不止一点点。这里边固然有爸妈对我一个女孩子上学不够重视的问题，其实更能体现地域差距、城乡差距、家庭背景差距对一个人的人生与生俱来的影响。我作为一个出身贫苦的农家孩子，经过苦苦努力才达到的高度，也许只是别人天生的起点；而如果我不努力，我将永远落在别人身后，而且越落越远。

我很庆幸，我还小，但我隐隐地知道要努力。

自行车车祸

高中毕业后接触社会多一些，我经常从新闻上或者别人嘴里看到听到"碰瓷"这个词，在了解了这个词的意思之后，我纳闷社会上竟然还有这种事。

我真的被人撞过。

上初中后不久，有一天放学，我和几位同学一起骑车回家，一辆拉家具的电动三轮车迎面开来，因为超宽，把我的自行车挂倒了，我的后脑勺刚好碰到后面一位老奶奶骑的脚踏三轮车上。一声响，我蒙了头，只听到有人"啊"的一声大叫，我就迷糊过去了。

不知过了多久，我在同学的哭叫声中醒来，可是拉家具的三轮车早已不见踪影。我觉得头昏，又怕回家晚了被爸妈骂，便挣扎着起来和同学推着自行车回家了。

回到家，爸正在院子里整理玉米棒子，我也跟着蹲在地上帮忙。可是我的头越来越疼，我战战兢兢地跟爸说了被撞的事。爸马上带我去了事发地，妈随后也过来了。刚才目睹车祸的人跟爸说了经过，大家也都知道撞我的人是谁。爸妈把我送到医院，经过检查后，医生得出的结论是"轻微脑震荡"，需要留院观察。屋子里来了很多人，刚才撞我的人也来了。爸对那人说："你撞了俺闺女就走了，不是孩儿回家说我还不知道。我不讹你，我闺女要是没啥事就算了，有事的话你还是要负责任的。"

在医院住院观察了四五天，医生说没什么问题了，我就出院了。

后来我听说，撞我的人支付了我住院的费用，其他就没有任何补偿了。

我的二手自行车倒是没有被撞坏，只是前轮挡泥板被蹭掉了点漆，露出了白色的铁皮。这时我甚至有点庆幸这是一辆旧车，如果是新车的话，我该有多么心疼。

多年以后我知道了"碰瓷"这个词，我觉得真是不可思议。我家里没钱，爸挣钱也很少，但在我被撞这件事上，爸妈没有向肇事者多要一分钱。后来，那个肇事者自知对不住我家，还带着礼物专门到我家来看我，爸妈收下了他的东西，但也回赠了礼物。

我依旧骑着我的二手自行车上下学。

我被爸妈转学了

初一上学期期末的一天，我们班同学在学校操场打扫完卫生，我背着一个大扫把上楼回教室。可能是因为扫把太大，扫把叶子碰到了身后同行的一个外班女生，那个女生骂骂咧咧道："瞎眼了？脑袋被车撞了吧？"我觉得是我有错在先，就没有理那个女孩。只是我的几位同班女同学看不过去，当天放学之后找到那个女孩，把她围在教室里打了她。我没有动手，却被女孩认为是我找同学打的她。那时的我，百口莫辩。

晚上放学回家，我不敢跟爸妈提及此事。刚刚吃完晚饭，大门外传来一个中年女人的骂声。妈出来问怎么回事，那个女人跟我妈说："你闺女把俺闺女打了，你说怎么办吧？"我跟妈解释了白天发生的事情，妈说："俺闺女都给我说了，不是俺打的。再说了，你咋不问你闺女为啥张嘴就骂人？"

"好，你等着，明天我就去学校找校长。"那女生的妈妈丢下这句话走了。

妈没说我什么，这让我感到非常意外，我本以为又会是一场暴风雨。

　　第二天去学校，我被叫到校长室，果然，还真是这件事。打人是事实，那些打人的同学也是为我出气，我就担下了全部责任。随后几天，那女生的妈妈天天来学校找老师讨说法，其实那个女生也没什么事，她妈妈的目的也就是想让我家拿东西去她家看看。我妈答应了她的要求，让我带了些东西去了她家一趟，女生和她的妈妈也就没再找我麻烦。

　　后来我想，这家人处理事情和我家还真是不一样啊。

　　我以为这事就这么过去了，可是没想到，没过多久，妈跟我说，她跟爸商量好了，要给我转学。

不打不相识

　　我至今不知道妈和爸是怎么想怎么商量的，为什么要给我转学。我最能接受的理由就是爸妈怕人家以后再找我麻烦。

　　我的新学校是同镇的另一所初中，在另一个村子里。妈带我来到新学校，新班主任老师是一个老头儿，看起来还比较和蔼。老师带我进教室向同学们介绍之后，我就被安排在最后一排——我的同桌也是个插班生。

我的临桌有一位女生，平时总是戴着帽子。有一天，我和她一起去给老师交作业，从老师办公室出来后，我一时顽皮，顺手扯下了那女生的帽子。天啊，她原来是个光头女生！我正尴尬惊诧得不知所措的时候，女同学马上就哭了。我赶紧把帽子给她戴上，并向她道歉。原来，这位同学因为患了"白癜风"，治疗的时候不得不剪去一头长发。我心里觉得很对不起她，我知道我做了错事伤害到了她。

很快，班主任知道了这件事，把我这个"插班生"好好训了一顿，还罚我写了检查。

不过我和这位同学真的是"不打不相识"，她也明白我是无心的，此后渐渐地撇开了这件事，我们俩成了好朋友。三年之后，当她独自在医院治疗时，已经读高中的我还专门请了假到医院陪伴她。我特意买了两顶同款的帽子，她一顶我一顶，我们俩一起戴着帽子合影，她又哭又笑。

她是我初中时就结识下的为数不多的好朋友。后来我想，我们俩能够比其他同学走得更近，应该是因为同病相怜吧——她身体上有疾病，我心灵上孤单无助，于是彼此成为心灵倾诉的对象。能够互相倾吐秘密的朋友才是真的朋友，我们这一生会遇到很多人，但是这样的朋友不会很多。

被同学勒索要钱

爸妈怕我遇到麻烦而给我转学，却不知道我转学后遇到了更大的麻烦。

我这个"插班生""外来户"被同班几个"非主流"的小女生盯上了，围着我问我要钱，我说我家没有钱，她们便威胁道："你下午拿不来钱，放学就打你。要是敢跟老师和别的同学说，见你一次打你一次。你可不要忘了，你同桌还有你们村那几个孩儿是咋挨打的。"

我很害怕，中午回家向妈要钱，妈骂道："学费都交过了，还要花啥钱？咱家有钱？"我不敢跟妈说同学威胁我要钱的事情，我知道一个挨打的男同学的家长去学校找老师了，可是家长走后，那个男孩又被打得很厉害。我忐忑地来到学校，一下午也无心上课，脑子里想的都是没有钱被打怎么办。我趁着没放学提前溜走了，躲过了挨打。

第二天却没躲过去。那几个女生把我拽到后操场，用脚踢我，用手扇我脸，我不敢还手，也不敢吭声。她们骂道："也不看看这是谁的地盘，你一个外村人在俺村上学还不听我们的，你是不是找打？让你拿的钱呢？赶紧交出来！"我还是说我没钱，我也真的没有钱。爸妈很少给我零花钱，我上哪儿弄钱去呢？她们打完我，丢下一句话：下午再拿不来钱，你就别想能好好地从俺村出来了。我蹲在操场土堆后面，不敢进教室，怕那几个同学笑话我，也怕其他同学看到我脸上的眼泪。

中午回家，我趁着妈在厨房吃饭的空当，偷拿妈的钥匙打开了平时装钱的柜子。我从一个白色药瓶里拿出10个一块钱的硬币，忐忑地装进兜里，连饭都不敢吃，骑车跑回学校在教室里坐着。下午，那几个女生来找我，我把钱给了她们，算是免遭一顿打。

可是，我又想错了，原来这只是我噩梦的开始。那几个女生像吸血鬼一样缠住了我，隔几天就向我要钱，不给就打，我不敢还手，回家也不敢吭声。我给她们的钱都是我从家里偷来的，妈还没发现，要是发现了，我会被打得更惨。

终于有一天，妈发现那个盒子变得轻了，便问我有没有拿钱，我不敢承认，妈妈拿起扫帚就打我，我哇哇地哭，也不敢说出原因。妈以为我偷拿钱是去买吃的了，说我嘴贱，不给钱就偷钱去买吃的。我被打得浑身紫青，妈让我跪在地上不准起来，我也不敢起。

那几个女孩又跟我要钱。爸出车回家后把外裤脱了放在沙发上，我趁爸妈不注意偷偷拿十几二十块钱出来，第二天去学校给她们。我以为爸是个大咧咧的男人，不会发现，可我还是想错了，躲过了学校的挨打，却被爸发现了，爸打得更狠。爸让我跪在地上，拿三角带抽我，我的惨叫声街坊都能听得到。我还是不敢说为什么偷钱，他们仍认为我是攀比心重，好吃懒做。

爸妈对我的做法当然又气又恨，此后几乎看我做什么事都不顺眼，经常会对我说过激的话甚至打我。

因为再也拿不出钱，我又被那几个女生打了几次。钱不跟我要了，她们却要我帮着写作业，甚至还要去打扫卫生。后来很长一段时间，我每天都要写很多作业。

如今，好几年过去了，我一直也没有跟爸妈解释这件事。而当初对我无情动手的那几个同学，有的已经嫁为人妇。其中一个对我下手最重的女孩结婚时，我还给她送去了祝福。

在写到这些经历的时候，我已经知道了一个名词叫"校园欺凌"。大人们，特别是老师们，往往不会认为学生之间的打打闹闹是多么严重的问题，其实他们不会想到，更严重的情形他们并不会亲眼看到；而一些家长，看到孩子们之间打闹，只要不是自己的孩子吃亏，很少会及时加以制止。可是，只有当事的被欺负的孩子，才知道这种欺凌有多么可怕、痛苦、煎熬，他（她）作为相对弱势者，多么希望这个

时候有人能发现，能站出来，能解救自己，能主持公道；可现实往往是，只有事情已经严重到无法遮蔽时，才为人知，才为人关注，而这时，伤害已经发生，受害者的身体和心灵，已经烙下悲伤痛苦的印记。

如今，我认识的很多人，都说我是一个善良的女孩。有时我在想，一个人受到某种伤害后，可能有两种心理，一种是我也要对别人施加同样的伤害，另一种是我受到这样的伤害已经很痛苦了，我不能再这样对待别人，让别人也如此痛苦。我很庆幸我属于后者。

第一次上网吧

上初一时，我注册了第一个 QQ（一种即时通信软件）号，是在外打工的叔叔回来后教会我的。那时候，我对电脑真是很着迷。我平时中午都是回家吃饭的，那天中午，我吃了饭后急忙地骑车出去，因为和同学约好放学前一起去"网吧"。那是我第一次进网吧，掀开门帘，烟味、泡面味、脚臭味扑鼻而来，可那又如何呢？我还是按捺不住自己那颗向往电脑的心。

我刚登上 QQ，就看到叔叔给我发消息，我想都没想，傻了吧唧地"一指禅"回复了叔叔的信息。不回复不要紧，一回复就露了馅。原来，妈怕我去网吧，就让叔叔给我发信息"试探"，这下我只能认栽。妈很快骑摩托车赶来，进网吧找到我，先给我一巴掌，然后抓着我就往学校走。妈把我拽到班主任办公室，正在午睡的班主任被我和妈吵醒，了解情况之后也批评了我。妈还让我给班主任写保证书，并且警告我"以后再去网吧就打断你的腿"。

后来我理解，作为一个学生，我确实不应该这么着迷玩电脑。可是，妈妈处理这件事的方式方法是不是也太简单粗暴了呢？我知道自己错了，可我心里同样留下了被当众打骂的恐惧痛苦的记忆。

爸努力挣钱

爸脾气很大，对我很凶，但是作为一家之主和顶梁柱，爸还是很努力很辛苦挣钱的。

爸最初买来三轮车做拉灰生意时，每次出门，都会带上几个馒头一包咸菜，装一瓶水。因为拉灰送灰这个活，一天都要在外面往返，而爸根本不舍得到饭馆吃饭，到了饭点，就把车停在路边，随便找个地方坐下，就着凉开水，吃从家里带的馒头咸菜。

爸是能吃苦的人，经常半夜两三点开三轮车去灰厂拉灰。灰厂离我家很远，要经过狭窄的乡村小路、坑坑洼洼的田间土路和七拐八拐的山路。但是那时我还小，还不知道为爸担心。

那时候，很多人家都装上了电话，甚至有的人也有了手机，可是爸没有钱装电话买手机，要买灰的人也没办法和爸取得联系，因此损失了很多生意机会。爸就在灰堆上用树枝写上"拉灰"的字样，后面写上自己的名字，想买灰的人就算不能直接联系上爸，也能辗转打听找到我家。

后来二爷爷对爸说，你以后出去，就把我的电话告诉别人吧，有人打电话要灰的话我就去叫你。爸就把二爷爷家的电话号码写在一张纸上，放在三轮车风挡玻璃前；遇到有意向买灰的人家，也把二爷爷家的电话留给人家。从那以后的将近一年时间里，不管刮风下雨，早晚寒暑，总能看到二爷爷或者二奶奶急急往我家奔走的身影，这情形一直持续到爸买了自己的手机。

那年夏天，爸听说灰厂要进行检查整顿，到时将暂时停业不对外放灰。为了囤点货，爸就提前租了几辆大货车，在灰厂停业之前，先拉出来一些倒放在我家院外的路边，延伸很远。然后，爸和妈用铁锨把灰装到我家的三轮车上，送到买主家。那些天，爸和妈晚上经常会加班装车送灰，送完后爸让妈回家睡觉，他自己铺一块席子睡在灰堆旁边，怕别人去偷灰。

爸的拉灰生意做得还可以，慢慢地，家里的债基本上还完了。当时，在我的老家农村，只要不外出打工，人们根本没有什么挣钱的机会。爸能看准拉灰卖灰这个挣钱门道，也算是有心人了，当然，这个挣钱门道也让爸妈付出了比别人更多的辛劳。

再后来，爸攒下了些钱，又借了点钱，买了一辆大货车，不用再像开三轮车那样么辛苦，挣钱也比以前多了。当然，这都是以后的事了。

爸的秘密

有一天，我放学回家，一位阿姨在和妈讲话，我不认得她是谁，也没仔细听说的什么。那女人走后，妈抱着弟弟去找正在跟叔伯们喝酒的爸。不一会儿，两人吵着回家来了，邻居也都过来了，妈拿起锄头就往爸身上砸，爸躲开了，妈大吼"你骗了我"。

原来，今天来的那个女人是爸的初恋。妈和爸认识的时候就问爸有没有初恋，爸说没有。这个女人的出现让本就脾气不好的妈差点用锄头砸死爸，也是这个女人的出现，让我本就不快乐的生活变得更加黑暗了。

据说，这个女人当初跟爸是自由恋爱，爸准备去提亲，她姐姐说："你们家太穷了，我妹妹是不会嫁给你的。现在她人也不在老家，你死了这条心吧！"爸当时万念俱灰，年少时曾答应跟自己相依到老的女孩嫌弃自己穷而离开了。

几年后，爸参加一个朋友的婚礼，妈是新娘的好友，在这场婚礼上他们相识了，妈爱上了这个帅气的穷小子，爸或许也爱上了年轻貌美的妈妈。在外公一家坚持反对的情况下，妈还是嫁给了爸。长大后，我听过邻里乡亲说得最多的是："哎呀，静静，你知道你爸妈是怎么结婚的吗？你爸的哥儿们结婚，你爸去放炮，你妈看上你爸了，非得跟着你爸来。"虽然这话当时听着滑稽可笑，但"爱情"这种事，谁也说不清楚。每一个女孩儿谈恋爱结婚都希望那个男人只爱过自己，可是，事情的真相未必遂人愿。爸爸的回答，曾经幸福了妈妈的心，后来也伤了妈妈的心。

这时我才明白，我两岁时，那个女人回来找爸，爸已经和妈结婚并生下我了，爸还抱我去见了那女人。后来，那女人也结婚了。

那时候，爸妈一吵架，妈就会先抢我，把我带回娘家。

后来，爸发现妈一吵架就先抢我时，爸也开始抢我，抢到我，妈就不会回娘家了。可是有了妹妹弟弟后，我在爸妈眼里就只是一个干活儿的人，做错事就会挨骂，更不要说夸奖了。

后来，那个女人又来找过爸，对于脾气暴躁的妈来说，她是绝对不会咽下这口气的，三天两头和爸吵闹打架。我过去劝架，妈大吼大骂："都是你！要不是你，我早就离婚了，为了你我整天受的都是啥罪？"爸也骂道："滚，不要让我看见你。"我躲到屋里不敢出来，流着眼泪缩在墙角听爸妈吵骂摔东西。

随后的日子里，爸和妈总是吵架，爸觉得我总是向着妈，所以更不喜欢我，动不动就吵我两句给我脸色看；而妈也天天沉浸在自己的痛苦里，怨声载道地拿我出气。

有天晚上，爸和妈又吵架了，我本能地过去劝架，被爸踢了一脚又骂了几句，逆反心理极强的我跑到厨房拿刀划伤了胳膊。我那时候真的很想死，在学校要受同学欺负，回家还要再被爸妈打骂，我为什么活着这么痛苦，为什么我的爸妈和别人的爸妈就不一样？我很努力地想做一个好孩子，被他们疼爱，被他们夸奖，就算不疼爱不夸奖，至少不要再给我脸色看或者骂我。那几年，我真的经常怀疑我是不是他们亲生的。我越来越讨厌自己的父母，开始羡慕别人家的爸妈。

有一天，我在学校见到了那女人，我不知道她来找我干什么。我对她本能地反感，她跟我说了几句话就走了，我因为不耐烦也根本没记住她说了什么。

我的十四岁生日

十四岁生日那天，中午放学回家的路上，我在想，妈会不会给我做好吃的？会不会给我零花钱？一进门妈不在屋，我先看条几上有没有好吃的，啥也没有。跑到厨房，我以为会有我爱吃的米饭，掀开锅，还是面条。我盛了点面条吃完等妈回来，还不见妈的影子，眼看就该去学校了，我在门口踱步。等不及，我去隔壁大娘家找，一进门看到妈果然在，我说："妈，今天我生日，给我 5 块钱吧。"妈的脸马上变了："该上学就上学，不去就在家，你生日我就得给你钱？"我不敢说话，很委屈，一路哭着回了学校。

那几年，我认为每年的生日对我来说都是人生的重要日子，我很珍视这一天的意义。可是在我 18 岁之前，我没有过过生日，那一天和平时没有任何不一样。

其实我想我并不是一个多么虚荣甚至对生活有多么高要

求的女孩，只是那时我正十几岁，处在青春期敏感的年龄，而且多多少少也会跟周围同学比较，妈对我的态度，让我两手空空，更让我心里空空，那种失落、委屈和伤心，在冷寂的冬天，更显悲凉。

而妈并不觉得，也从不会往深层里想。

长大后我意识到，其实精神的关爱可以弥补物质的缺失；最悲哀的是物质和精神关爱的双重缺失。

邻居家大人们见面聊天时都会说我家孩子怎么怎么好，怎么怎么中，可我的父母从没说我好，相反有时还当着邻里的面吼我骂我，这对于正在青春期的我来说是一种"羞辱"。

一天晚饭后，我对爸妈说想住校，爸马上说："想都别想。咋？住校没人管想咋耍哩？"妈说："在学校住花钱多厉害，还是每天骑车上下学吧。"

我不敢多说话，把桌上的碗筷收拾洗了。

亲爱的爷爷去世了

我从小就跟爷爷感情很深，爷爷得了癌症在医院化疗后回家休养，我放学后就待在他身边陪他说话。

不管爸对我有多不好，但对于爷爷来说，爸是个孝顺的儿子。那段时间，爸白天开车拉灰，不管多苦多累，晚上回到家一定先去老院子看爷爷。有时回来得太晚，到老院子里看到爷爷房间的灯没开，也要在窗外站一会儿。

一天早晨，爷爷说喘不过气来，爸和大伯叫来了出租车要带爷爷去吸氧，爷爷就要从椅子上起身时，突然伸手摸着我的眼角，许久，对我说："爷枕头下有钱，你看得见不？拿钱去买个眼镜戴。"直到这时，我才明白，十多年里，爷爷一直挂记着我曾经受过伤的眼睛，并为当年没有看护好我导致我眼睛受伤而心怀愧疚。可是当下，我并没有太在意爷爷的这句话。

爸和大伯搀扶着爷爷上了救护车，我就回西头的新家了。回到家坐了一会儿，不知道为什么，我心里特别烦躁不安，总觉得哪里不对劲。恍惚中好像听见哥哥叫我，出了院子看却没见人。我越发不安，跑到大伯家喊哥哥，一位邻居对我说："你哥喊了你一声就去你家老院子了，你爷不行了，拉回来了。"我一听，立时吓哭了，一路狂奔到老院子。刚到大门口，便听见院里传出号啕大哭声，哭喊中有人叫伯，有人叫爸，还有人叫爷。我停下来不敢往前走，我不敢相信，半个小时前爷爷还跟我说话，还在抚摸我的眼角，怎么突然就……

这时，也不知道是谁喊我："静静，你咋在这儿站着？

你爷走了，你还傻站这儿干啥?"我这时才缓过神来，哭喊着"爷爷，爷爷"奔进院子。

卧房一角的床上，爷爷静静地躺在那里，身上脸上盖着白布，叔叔姑姑哥哥跪在床前哭喊。我哭着扑过去想掀开白布看看爷爷，我不相信爷爷就这么死去了，就这么离开他疼爱的孙女了，可是大人们不让，我只能一遍遍喊爷爷……

爷爷去世后的很长时间，我经常梦见爷爷，经常在梦里哭醒。我梦见爷爷做好了饭坐在门口等我放学回来；我梦见爷爷一趟一趟往家里担水，而那水缸总也填不满；我梦见爷爷牵着我到我家麦田看麦苗的长势；我梦见爷爷弯着腰为我修理那辆总是出毛病的旧自行车……

很长时间里，我不敢回到老院子，我再也看不到爷爷，听不到爷爷喊我的名字了。

我的三爷爷

爷爷兄弟三人，就数三爷爷脾气倔。在我懂事之后，我发现三爷爷和爷爷老是"不对付"。老院子的门口有两个石墩，爷爷晒太阳坐一个，在对面院子住的三爷爷来了后坐另一个。可是每次三爷爷都是和邻居谈得欢，从来不主动和他大哥搭话。家人和邻居都知道，这兄弟俩谁也不肯向谁低头，他们隔三岔五地坐在一起，不瞪眼就算是好的了。

后来爷爷得了癌症，在医院治疗时，三爷爷去看了一次。不幸的是，过了些天，三爷爷也被查出癌症，跟爷爷住进了同一家医院。叔伯们商量之后，跟医院请求把这老哥儿俩的治疗时间和病房楼层分开。家人不愿让爷爷知道他的弟弟也得了癌症。

后来，爷爷化疗稳定之后回家休养，三爷爷仍在医院治疗，那时正是化疗的关键期。不久后爷爷突然离世，家人们商量后决定先不告诉三爷爷这个消息，怕影响了三爷爷治疗的心情，更怕他没有继续生存的意志。大家让我四姑暂时留在医院照顾三爷爷，另外两个叔叔先回家给爷爷守孝。晚上，三爷爷吃了饭睡下，四姑跟医生护士说明情况并请他们代为照顾，之后便和姑父连夜从市区赶回老家给爷爷守孝，第二天早上再赶回医院照顾三爷爷。

爷爷的丧事办完半个月后，三爷爷从医院回来了。他再去老院子门口晒太阳时，却发现总也见不到大哥。当时家人们已经跟邻居说爷爷去世的消息要先瞒着三爷爷，所以就算他坐在门口和邻居说话，也不会知道他的大哥已经去世了。有一天，三爷爷从上午就一直在门口坐着，到下午一点了也不回屋，任凭三奶奶怎么叫他回去吃饭他都不回。催急了，三爷爷才说："怎么不见孩儿们回来给大哥做饭，这是要把俺大哥饿死哩？我非要等着看他哪个孩儿来给他弄饭。"脾气倔强的他，没有走进他哥哥的家看看他是否还在，或病情如何，可他心里终究还是念着这份手足之情。

叔叔打电话来说三爷爷在老院子门口闹，说没人去给爷爷做饭。我赶紧跑到老院子，从后墙跳进去，然后走出门口对三爷说："三爷爷你回去吧，我爷爷吃过了，我一直都在这儿，我做的饭。"三爷爷听了，往我这边院子望了望，这才背着手走了。

三爷爷脾气倔得好像只有我这个孙女能治得住。那天他因为化疗伤口疼不愿意吃饭，还在家跟三奶奶发脾气。我刚好过去送东西，看到他摔筷子还吵三奶奶，我就假装生气，把他的碗筷都收回厨房，说："让你倔，一老头子整天吵吵来吵吵去……我三奶都跟你过一辈子了，你还不知足，闹啥闹？不吃饭是不是？那行，碗筷我都收了，你别吃了，饿也不给你饭吃。"三爷爷黑着脸不和我说话，我坐在一旁，大概过了半小时，问他吃不吃饭，他这才乖乖地说吃，可把我和三奶奶乐坏了。

就在爷爷去世后的第四个月，三爷爷也不幸离开了我们。邻居问三奶奶："你家老头离世前，你跟他说过他大哥已经走了没有？"三奶奶说："我一看他不对劲，只顾急着给孩子们打电话了，没来得及跟他说大哥先走了。"邻居叹了口气说："他去了，他哥在那儿接他呢，到时候就见着了。"

四个月里，我失去了两个爷爷。于我而言，三位爷爷都是我的至亲至爱，是从小陪伴我长大的人，这一生，已经永不再见。

喜欢写作文

初二下学期，家里买了一台二手电脑，我特别开心，终于不用去大伯和叔叔家用他们的电脑了。我开始在电脑上写日记，也就是很拉杂的心里话，大多是在倾诉爸妈因感情不和而带给我的伤害。我记得我曾这样写道：我宁愿小时候煤气中毒再也没有醒过来……那时，我心里满满都是伤心和怨气，甚至憎恨。现在看来，当时的我有点小愚蠢又有点傻乎乎。

我还喜欢在网上浏览别人的文章。我的课外书很少，网络世界为我弥补了这方面的不足。看得多写得多了，我竟然喜欢上了写作课，老师也经常拿我的作文当范文在课堂上读给同学们听。有一段时间我近乎疯狂，不管上什么课，我都在写作文，为此班主任和其他任课老师收了我很多作文本。

不过也是从那段时间开始，我培养起了对文字的敏感和热爱。

差点成了哑巴

初二暑假，学校要求全体学生军训，妈给我交了 150 块钱，我收拾好东西很开心地踏上了军训之旅。在那个山沟沟里的军训基地，我们顶着太阳站军姿，在山路上进行 20 公里的徒步拉练，晚上在训练场唱歌跳舞做游戏，顺便还能摘几个山核桃吃。我记忆最深刻的是逃生墙"突围演练"。在一堵逃生墙面前，教官和男生们人踩人搭了人梯，墙上面的水管喷洒的水冲得我们睁不开眼睛，脚下是一片片泥潭。我们必须在有限的时间里爬上这座墙。

逃生墙上站着两排人，一排是成功突围者，一排是逃生失败者。我逃生成功了，高兴地和同学们抱成一团，当然，曾经向我要钱打过我的那几个女生也是我的战友，她们也跑过来祝贺我。

军训结束，乐极生悲的事出现了。回家的当晚，我痛痛快快喝了一瓶冰镇矿泉水，第二天一早醒来，我竟然不会讲话了，喉咙发不出声音——我没傻没瞎，却成了哑巴。

妈带我去镇上拿了药，吃了不管用；又带我去抓了中药，吃了一星期还是不见效。妈带我去市里做检查，医生拿了根黑管子从鼻孔往喉咙里穿，我看着就害怕，可为了能说话还是忍住了。检查结果是"声带断裂"，但不能做手术，又是开了药回去吃。

我不知道这次能不能逃过一劫，会不会从此真的成了哑巴，晚上躲在被窝里哭。有时候我又安慰自己，以前出那么大事，我不是没傻也没瞎吗？这次也一定不会哑。

那段时间我衣兜里时刻装着纸和笔，跟人"对话"都靠写出来。别人还好，奶奶、弟弟不识字，我跟他们交流只能手舞足蹈地比画。我听到奶奶说，幸亏这丫头会写字，要不然睁眼瞎，张口哑，以后可咋活？弟弟还小，竟然觉得这样跟我对话很好玩，我是巴不得尽快把话比画明白，他在那儿一遍遍夸张地学我，我又急又气，又想哭又想笑。

十天之后我还是说不出话，妈跟爸说想带我去郑州看看，爸板着脸说："还去北京看呢！不会说话就不会说了，都买了这么多药了，管用吗？白扔钱哩。"

后来不知过了多久，我终于又会讲话了，声音和以前相比，好像还秀气了些。

我的物理老师

初二时，除了语文，我的物理相对来说学得好一些。可能说出来别人不会相信，遇到物理难题时，我和几位同学，不是找自己的物理老师解答，而是喜欢找教初三物理的李老师。首先是因为，我们的物理确确实实是体育老师教的；另外一个原因，我们几个小女生，都觉得自己的物理老师脾气太大，教物理也像上体育课，而李老师是一个和蔼的老头，说话不轻不重，不缓不慢，很热心地给我们讲题。那时，我们几个喜欢物理的同学都很期待升入初三，由这位儒雅又耐心的李老师教我们。

上初三时，学校要求我们必须住校。我终于如愿住进学校宿舍，不用再回家看爸妈的脸色，在学校我是开心快乐、不用顾忌父母的。

李老师真的成了我们的物理老师。他从来不高声呵斥我们，不管是多么不听话的学生，他都会很用心地讲题。即便是我们上课捣乱的时候，他也只是从讲台走下来轻轻拍一下我们的脑袋，然后笑笑，继续讲课，我们都不好意思再闹了。

也许是老师的亲切让我觉得师生间没有了距离，也许是因为缺少了家庭的爱而希望老师能对我更好一些，我很努力地学习物理。

周一早晨，我从家里准备回学校，向妈要钱，妈没给我，我就在家里怄着，也没去学校上课。一直到傍晚，妈还是没给我钱，我只好骑车回了学校，在操场上委屈地哭了。我不明白为什么我的家庭会是这样子，如果说以前是因为穷，但现在日子也过得去，妈为什么还要这样对我？

这时，一位同学跑到操场找我，说李老师打电话找我。在电话中，没等老师说两句话，我就又委屈地哭出来了。我知道，老师是想问我为什么下午没来学校上课。开始，我怕老师知道我的家庭状况看不起我，后来我觉得老师不会这样的，于是跟老师简单地说了我的家庭情况，我能感觉得到，在电话那头老师的心情似乎有些沉重。

有一天下午，我和李老师在办公室查资料，校长通知说该吃饭了，我便去餐厅吃饭了。吃过饭去上夜自习，我看见李老师办公室的灯还亮着，哎呀，坏了，李老师还没走，肯定也还没吃饭。我赶紧给老师发信息："老师，您还没走？对不起啊，刚才吃饭忘了叫您！"老师回复说："没事，我一会儿就回去了。"

当时，我自责得很，因为李老师对我那么好，可我连吃饭都没有想到叫老师一声。虽然只是一餐饭，可是我觉得我成了一个不知道感恩的孩子。我又悔又愧，流下了眼泪。

我赶紧来到办公室，跟李老师说："老师，您回家吧，剩下的资料我帮您查完，我住校，晚点儿也没事。您还没吃晚饭呢。"老师可能看到了我脸上的泪痕，笑着说："傻孩子，没什么事，你把这些看得太重了，我只是想查完资料就回去，没想到天黑了。还把你急哭了，快别哭了。你要答应老师，以后无论遇到什么事，都不要哭鼻子，要学会坚强，用微笑去面对一切。"

长这么大，我是第一次听到有人跟我这样讲话，讲这样的话。我在想，要是爸妈平时对待我也能这样和蔼，跟我讲些道理，我该是多么幸福的孩子啊！

跟着李老师走下楼，我本想去教室上自习，可是我看到李老师骑上自行车后，在门口滑了一下，差点摔倒。我突然想到老师已经五十多岁了，眼睛又近视，路不好走，老师会不会还摔倒呢？我赶忙跑回教室，叫了那位我曾掀了她帽子的女同学和我一起骑车去"送"李老师。说是送，其实是我俩悄悄跟在老师身后，保持一小段距离，一直看到李老师骑车到了家门口进了院子，我俩才悄悄返回学校。

如今，好几年过去了，李老师可能不知道，他曾经温暖过一个心里满是伤痕的孩子，让她觉得生活里并不全是呵斥和打骂，而是还有另外一种人与人相处的方式。这个发现，对一个敏感忧郁、心情灰暗的青春期女孩来说，该有多么重要。

我收到了青涩的棒棒糖

　　初中时，我也有一份可以回味的青涩"感情"。那算不得恋爱，是一个同学暗恋我，经常往我的抽屉里塞棒棒糖等小零食，我的物理相对来说比其他功课好，这个男生一直让我给他讲题，我抬头问他听不听得懂时他盯着我看的眼神让我很不自在。我却傻傻地不知道他喜欢我，一直都把他当哥们儿。

　　我生日那天，他敲开我宿舍的门，送了我一束花，还有一个用粉红色包装纸包装的礼物。我稀里糊涂地不知道怎么回事，他却涨红了脸跑开了，最后，那束花和礼物被我"安置"在了寝室楼下的垃圾桶里。学校的老师都知道了这件事，我却不知道该怎么解释。那以后，那个男孩仍往我抽屉里放棒棒糖，我则把棒棒糖分给班里的女生，偶尔自己也留两个，再嬉皮笑脸地跟他说声谢谢。

　　初中毕业时，大家一起拍毕业照，我和同学拍完大合影，又拍小合影。体育老师跟我说："静静，你跟那个男孩子拍一张照片吧！他一直都喜欢你，我们都看在眼里，你们没有谈恋爱，现在毕业了合个影，也让他有个纪念。"我在同学们的哄笑中，跟他背靠背坐在地上拍了一张合影。

后来我去读高中了，他没有再上学，但还是经常发信息说喜欢我，可我对他还是像从前那样没有感觉。

三年之后的一天，有一个女孩加了我的 QQ。聊了几句后我知道，她是那个男孩的新女友，名字和我一样，也叫"静静"。她说在男朋友家看到他和别的女孩合影，于是辗转地找到我，想"讨个说法"。我说："那是初中毕业的时候拍的，如果给你们造成什么困扰，就请把照片丢掉吧。"我跟她讲述了我与那个男孩的故事，最后我说："他喜欢我，我很感激，但是我们一直只是同学关系。我很真诚地祝福你们。"

后来，女孩不再跟我谈起这些，只是一直在关注我的朋友圈。又两三年过去了，我和这个女孩成了好友，还曾送书给她看。她一直在我的微信好友里，看着他们甜蜜的恋情，我真的为他们祝福，愿有情人都成眷属！

离家出走的惨痛教训

初中的日子很快就结束了。中考结束后，我无处可去，待在家里怎么都不自在。就算把家里所有的活儿都干完，爸妈还是会挑我毛病，我真不知道我到底哪里做错了。一天吃午饭时，妈又莫名其妙地骂了我，我很难受，想到了这些年的种种事情，便决定离家出走。我在妈衣柜里偷拿了钱，趁他们午睡时写了个纸条贴在墙上，带了几件衣服就出门了。

其实，我也不知道要去哪儿。我在公交车上听到有人说去郑州火车站，就想我还从没去过省会，这次就去省会看看吧。在路上，我没有想过爸妈会不会着急，或者会不会找我，我只想着离开家就好。到了郑州火车站，我也不知道要往哪儿走，在广场上转了半天，随着人流进了购票大厅。我掏出身上全部一百多块钱想买火车票，又根本不知道要去哪儿。又是随大流，前面那个人说去哪儿我就去哪儿，人家说去"九江"，我也跟着买了张去九江的票。买完票一看时间，还有一个多小时才发车，我就来到候车室，拿出手机想玩一会儿QQ。打开手机一看，有爸妈打来的电话，有物理老师李老师打来的电话，还有好几个同学发来的QQ信息。原来，他们都在找我。

相较于父母，我更不忍让李老师担心。我回了李老师的信息，老师马上打来电话，我不敢接，怕爸妈在老师身边，怕他们把我抓回去。李老师说："静静，你快回来，别犯傻，有什么事回来说，有老师在呢。"我不知道怎么回复，老师又说："静静，你不听老师话？你是要气老师吗？"我考虑李老师年纪大了，不忍让他担心，想回去，可是马上就要开始检票了，我陷入了两难之中。最后，想到老师这么焦急，爸妈可能也急坏了吧，我还是决定回家。我当时没想到退票，就算想到了可能也来不及退了。我把车票撕了扔进垃圾桶，我不想带回去被爸妈发现。

我听老师的话，坐了一辆私家车返回去，一路上，老师都在和我沟通，安慰我。到村口下了车，我看到爸妈在张望，我哆嗦着不敢往前。见到我，妈大吼："你还学会离家出走了，回家看我不打死你！"我更害怕了，一路上连呼吸都小心翼翼。

爸妈先带我来到李老师家，老师看到我平安回来，长出了一口气，可是老师可能知道我免不了要挨一顿打，就对爸妈说："让静静在我家住两天，我好好跟静静谈谈。"我眼睛一下亮了，看着老师，我特别希望能够留下来，多么希望爸妈能同意我留下来。可是，爸妈哪里会就这么放过我，我还是被带回了家。出门的时候，李老师无奈地摇了摇头。

回到家一进门，妈把门插上，我赶紧跑到我的卧室准备反锁房门，妈冲过来，把没来得及关上的门推开，爸也进来了。房间里站了我们三个人，我知道，对我的惩罚就要开始了。

爸出去拿了三角带来，我想跑，却被妈禁锢住，爸抡起三角带就往我身上打，我一边哭喊一边挣扎，可是怎么也挣不脱。妈在旁边"火上浇油"："打，就该打，让她长长记性，看以后还敢不敢跑了。"

也不知道打了多久，他们终于放过我走开了。

那一晚，我没有睡，我根本不敢躺下，胳膊、大腿、后背、臀部，被抽打过的地方稍一碰触就钻心地疼。我蜷缩在墙角，眼泪止不住地流。

第二天，妈打开我的房门，丢给我一件长裤和一件长袖上衣，说让我穿上出来到门口。我知道，妈叫我出来，其实是让街坊邻居看，静静并没有离家出走，还在家呢，爸妈是怕丢面子，怕别人说闲话。他们说什么就是什么，我都照做，也不敢言语。当时是盛夏，天热得很，我肿胀的身体被长衣长裤包住，再一出汗，疼得我只想哼哼，走路时脸部表情都会有些扭曲。我在大门口站了一会儿，邻居们都看到了，但也不好上前来询问什么，他们应该听到了我昨晚被打时的哭喊声。

配合着妈"表演"了一会儿，我实在难受，就回屋了。妈觉得达到了目的，也就没阻止我，回去后也没再说我什么。

这些年，我内心一直都忘不掉这个场景：妈摁住我，爸狠狠地打。为什么爸妈永远都是用暴力对待我呢？为什么不问我为什么离家出走？为什么更是从来不会想到跟我交流，了解我内心的想法呢？为什么要把自己的很多不快强加在我身上呢？

在我家，爸喜欢妹妹，妈喜欢弟弟，我像多余的人一般，除了照看妹妹和弟弟，洗衣做饭洒扫院子，就是被爸妈吵骂。我妈有个毛病，只要她心里窝火，就会对我撒气；后来，我发现爸也是这样。

考上重点高中，却没能去读

录取通知书下来了，我考上了重点高中的分校。高兴之余，爸再一次严重伤害了我——将近六年过去，我仍忘不了那天爸说的话："上啥学？不让你上了，去打工挣钱吧！让你上学也是白上，你会弄个啥？"我哭了。我求爸让我去上学，爸还是没同意。我又去求妈，妈没说话。

我感觉天都塌了，别人家的孩子考都考不上的学校，我考上了为啥不让我上？我真的特别想上学。我越来越明白，我想去上学，想离开这个没有温暖的家。

暑假，我在家里的电脑上继续浏览文章，也写一些日记之类的文字。那时，我在日记里经常写下的内容就是：我一定要努力做出成绩，一定要让爸妈对我好——但是也一定要离开他们。

在家的日子里，爸和妈还不时为了那个女人吵架，我和妹妹弟弟出门也会被邻居说："你看，你爸在外面有人了，快给你们带来个小妈了。"

过了些天，妈跟我说，爸给我找了一所职业高中让我上，是一所幼师专业学校，说毕业后还发教师资格证。学校本部在驻马店，但是在我们县城和一家职业中专有合作办学点，我平时只需在县城读书，注册学生信息、参加考试时，再去驻马店的校本部。我跟妈连声说好，心里想着不管什么学校，只要是学校，能离开家我都愿意去读。事实上我也没有任何选择的机会，只能听爸妈的安排。

高中开学前，我跟妈讲了邻居街坊当着我和妹妹弟弟说的话，我第一次大胆地对妈和爸说："我是一个女孩子，你们已经给我带来了太多的伤害。如果我堕落，最多也就是找个穷人家嫁了；但是请你们好好对待我弟弟，他是男孩，他如果因为你们做出什么事，后悔都来不及。弟弟周五回来周日就走了（当时弟弟已经在镇上的寄宿小学读书），就两个晚上，你们能不能不要吵架，让他感受一下家庭的温暖。"

也许，爸妈真的听进去了我说的这些话而有所改变。如今的弟弟是一个阳光开朗、很爱笑的少年。

第三章

高中：我成了市作家协会年龄最小的会员

每个月的生活费从 60 元涨到 70 元

我终于离开老家到县城读书，开心之余透着辛酸。

在新校园里，我一步一步一圈一圈把学校转悠了个遍。我抚摸着校园里一棵棵的树，从操场的一个篮球架下走到另一个篮球架下，从教学楼一层走到最高的四层，在每个教室门前向里张望，到图书馆门口欣赏一排排装满书的书架。

教学楼的最高处悬挂着巨大的校徽，是一个双手大拇指紧扣、似雄鹰展翅飞翔的图案。我回想着这来之不易的上学机会，幻想着未来三年的高中生活，我下定决心，自己要做一只雄鹰，无论身前的路途多么坎坷，我都要在这里走出自己翩飞的人生路。

爸一个星期给我 60 块钱生活费，其中包括往返的车费12 元，剩下的 48 块钱，是我周一到周五一日三餐和周日晚餐的费用。学校里早餐 2 块钱，午餐 4 块钱，晚餐也是 2 块钱，爸说你一个星期吃饭只用 42 块钱就够了，你还有 6 块钱零花钱。我不敢多要，爸说什么就是什么。

可是每到周末回家时，爸还凶我："别人家的孩子回来都还有余钱，你每次回来都是一分钱不剩。"爸的一个铁哥们儿的女儿和我在一所学校，爸总是拿我跟她比较，说她怎么怎么听话，回家都有余钱。后来，我问了她每周带多少钱到学校，她说有时八九十，有时一百。我心生羡慕，却又感到悲凉。爸只知道她有余钱，怎么不问她从家拿了多少钱。

一个周末，我在街上看到了那女孩和她的妈妈，我叫她妈妈"娘"，我忍不住对娘诉苦说："娘，我爸一直拿我跟你女儿对比，说我从学校回来从来不剩钱。娘啊，不是我乱花钱，我一星期只有60块钱的生活费。我都十四五岁了，也从没买过像样的衣服，都是别人不穿的衣服洗了给我穿。娘，为啥我的生活会是这样？以前家里穷没有钱，我可以不花；现在家里都过得去了，爸为啥还让我把日子过得这么紧巴？"

娘很理解我，她说："孩儿啊，真是苦了你了。其实我们大人都知道，是你爸妈的事影响到了孩子。别的我们不好说，我会跟你爸说以后每星期多给你几个钱。"

娘真的跟爸说了，后来，我每周的生活费从60块涨到了70块。

被撤职的班长

我竞选上了班长。

班上有个女同学，上课总爱睡觉，下课还经常讲谈男朋友的经历，很多女生出于好奇都会围坐在一起听她讲。这个女同学留着男孩子似的短发，牙齿上都是烟渍，我觉得她是个叛逆的女孩。我想跟她成为朋友，很努力地想接近她。起初，她对我很冷淡，我去寝室找她，她对我也是不理不睬的，她说："我们不适合做朋友。你是好女孩，我不想带坏你，你最好还是离我远点吧！"

我问她为什么会吸烟，她说周围的女朋友都吸，自己也就跟着吸了。我说："那你给我吸一口吧！"她惊愕地看着我说："你要吸？不行，你不能，我不会让你吸的，这玩意儿上瘾很难戒。"我趁势说："你知道吸烟不好，为什么还要吸？你有心事？我先跟你讲讲我的故事吧。"

我对她讲了我的家庭情况和一些经历。也许是被我的真诚打动了吧，她认真地对我说："以后你有什么心事可以告诉我。"后来，我和她一起学习、吃饭、逛街，关系近了很多，她的一些不良习惯也明显改变了。

美术课上，老师去拿教材了，一位女同学总是和另外一位同学耳语，作为班长的我当然要制止。我让她别说话，她不但不理睬我，还更大声说话了。我走到她跟前，跟她说注意课堂纪律。她大声道："你管我呢，你管得着吗？我想说就说，咋了？"我也急了："你再说就出去吧！"她就开始骂我，还动手揪我的头发。想起初中时我也曾这样被欺负，心里不由一阵难受和生气，于是我也顺手揪住她的头发。与我同一寝室的几个同学忙来拉架，几个人撕扯在一起。

这时老师进了教室，看到这个场景，就过来劝架。那女孩踢了我一脚，我本能地还脚，可是场面实在太混乱不堪，我竟一脚踢在了老师的肚子上，老师的手也剐蹭在桌角流了血。我们几个终于停了手。

这件事被报到了学生处，因为我是班长，又带头打架，所以被撤了班长职务。学生处主任问老师的手是不是我弄伤的，我正准备承认，老师说："不是，是我自己弄伤的。"学生处让我交了一份检查，这事就算结束了。

当时，我明明踢了老师，老师为什么不说是我呢？后来老师说："是那位同学有错在先，你是为了维护课堂秩序。再说你已经受了处分。"我心里对老师是感激的。

我有文章发表了

语文课要讲朱自清的《荷塘月色》。我以前在网上看过这篇散文，我竟然在课堂上做了一首藏头诗：

荷绿欲滴为玉泪，

塘池污泥魂不染。

月儿隐约穿云过，

色美幽幽一缕香。

　　虽然这首诗十分稚嫩，但还是得到了老师的好评。老师不解，为什么这个"会写诗"的女生会来到我们学校，而且是"幼师班"（当时，职专类学校大都是考不上普通高中的学生才来读的）。那时，我心里多少还是有些虚荣的，我跟老师说："我考上了县里最好的高中，可是我不习惯那里的束缚，就来咱们学校了。"老师问我有没有写过文章，我说我只写过些类似日记的东西。老师让我整理后给他看，我就把入学后写的几篇文章整理了交给老师，当然，我删去了有关家庭的内容。

　　没想到，过了几天老师跟我说，写得很好，想在课堂上给大家念这几篇文章，希望我同意。我当然很高兴。念完之后，同学们纷纷鼓掌，老师也鼓励我继续写，不要停笔。

　　因为是日记体的内容，以后写的东西老师没有再跟我要，我也没有主动给老师看。但是同班同学和其他任课老师都知道班里有这么一位爱写文章的"小才女"。

　　课余时间我会继续写文章。我看到我们宿舍楼的寝室管理办公室里有一台电脑，便跟宿管阿姨提出，希望在不影响她工作的前提下，借用她的电脑写东西。好心的阿姨十分支持我，很爽快地答应了。

很巧的是，宿管阿姨的爱人是我们夜自习的一位语文老师，姓屈。用学生们的话说，屈老师"满腹经纶"，大家都很喜欢他。屈老师总会看我写的文章，看了几次后，提出要我把以前的文章也拿给他看，我再次整理了一些，发到了他的邮箱里。

屈老师说我的文笔很好，稍微修改一下可以投稿。我第一次听说"投稿"这个词，不明所以地请屈老师解释。老师说："我先选几篇，你琢磨修改一下，我帮你投给报纸试试，要是能发表的话，还会有稿费。小丫头是个人才，努力吧!"听到老师这么夸我，还能"投稿"挣稿费，我真是特别开心。

2012 年，我的第一篇文章《给自己一个翻飞的人生路》发表在《焦作日报》上。收到样报的时候，我开心地跳了起来，眼泪都流出来了，自从小学六年级参加"风采展示"比赛获得"优秀之星"奖后，我再也没经历过这么高兴的事!

过了些天，我收到一张邮局送来的汇款单，原来是报社寄来的稿费。虽然只有几十块钱，但是我特别有成就感，甚至觉得我的生活简直打开了另一扇门——我竟然能自己挣钱了。

这件事给了我极大的鼓励。屈老师帮我借来很多书，说想写东西就要头脑里有东西，现在必须进行知识储备，不然以后会油尽灯枯写不出来文章的。听了老师的话，这以后的课余时间，我不是在寝室看书，就是在宿管办公室里借用电脑练笔。

屈老师和他的爱人都认为我是教师子弟，不然不会有这么好的文笔。我不愿提及我的家庭，怕他们笑话我。再三追问下，我简单说了我的家庭情况，从那以后屈老师夫妇对我更好了，经常留我在他们屋里吃饭。我没有享受过太多的家庭温暖，在这样的氛围里每每心生感激。五十多岁的屈老师有三个儿子，把我像小女儿一般疼，我改口叫他"大伯"，叫他爱人"大娘"。大伯在文学上依然给我指导和鼓励，大娘在生活上给我关照。

我有个大胆的想法：写作改变命运。我又向本地的报纸投了几篇稿子，有最终发表的，当然也有没通过的。屈老师安慰我：没关系，你还小。坚持努力，一定有收获！

大伯和大娘带我回家认识他们的孩子，还带我去他们父母的院子里玩耍。在爷爷的房间里，我竟然看到书桌的透明玻璃下压着我的照片，墙上的夹子里有从报纸上剪下来的我的文章，我十分感动，我在想这一家人真的把我当成他们的孩子了。我很喜欢跟他们在一起的日子。

大伯的母亲腿摔伤住院了，我放学赶紧跑去医院看她。听奶奶说，大伯昨晚熬夜看护，胃疼吐血了，我很心疼大伯，让大伯赶紧睡一会儿，跟奶奶说今晚我陪您到九点，然后我再回学校。我帮奶奶擦洗身子，还扶着她大小便，同病房的人说："哎呀，这孩子真孝顺。不是亲孙女都能做到这地步，亲孙女也未必会做啊！"

奶奶永远离开了我们

从小我就知道，我的奶奶身体很不好，每年都要吃很多药，还要住好几次医院。

我上高二那年，奶奶得了胆结石，在市里医院确诊后，很快安排了手术，术后转入了 ICU（重症监护治疗病房）。

我还是很爱奶奶的，虽然她有些糊涂和唠叨。我趁着周末的时间从学校赶到市里医院看奶奶。奶奶在恢复期有两次休克了很长时间，幸亏被妈妈和婶婶发现并被及时抢救了过来。每次从医院离开返回学校，我看着病床上的奶奶，总忍不住流泪，我生怕我这一走，奶奶会出什么意外。

奶奶住院花了十多万元。康复期用的药，其中很多都是营养液、高蛋白之类的，不属于医保报销范围，但爸爸和他的兄弟姐妹们对奶奶都很好，什么药好用什么药。事实上，在农村很多家庭，若是老人得了大病，几乎都很少花大钱去看的，就算孩子愿意花钱，老人也不愿意去治。

爸爸对我很"抠"，但是对老人十分孝顺。

很快要到爷爷去世三周年忌日了，还没有完全康复的奶奶执意要回家。在我们老家，按照风俗，亲人"三周年"一定要大办的。奶奶回到家，我们几家排班轮流照顾她。奶奶一连在我家住了好几天，邻居跟我妈说："你家这是新宅院，你婆婆的状态不好，要是真在你家'走了'，可咋办？"妈说："这是她儿子家，也就是她的家，她要真在这儿'走了'，我们就在这儿给她发丧。"妈虽然凶，但对长辈还是很尊重且照顾的。

周五晚上，我和弟弟妹妹放学回了家。我用在学校省下来的钱给奶奶买了根拐杖，奶奶掂量着拐杖，不停地夸孙女懂事。

晚上在家吃了饭，奶奶说："孩子们都回来了，没地方住，我今晚就回老院住吧！"爸很晚还没回来，我说我去送奶奶。妈说："你奶奶伤口还没好，也走不了路，你怎么送？"我说："我抱着奶奶走啊。"我怕碰到奶奶的伤口，就蹲在地上，十指交叉，让奶奶跪在我的手上，双手搂住我的脖子，这样走，就不会碰到奶奶的伤口。走了一半，我有些累，就把奶奶放下来休息会儿。

又抱起奶奶时，不小心碰到了她的伤口，奶奶"哎哟"了一声，我很内疚地哄奶奶，休息片刻继续这样抱着奶奶走。这时，一位邻居看到了，打趣道："'老没牙'（奶奶的外号），你看你多跩，孙女抱来抱去，多有福气！孩儿们还都真孝顺，你这前半辈苦，现在可是到你享福的时候了。"

第二天是中秋节，八月十五的月亮又大又亮又圆。弟弟说："奶奶，你赶快好，你好了给我做面疙瘩汤再放个鸡蛋，我妈做的没有你做的好吃。"奶奶笑着答应了弟弟。

谁都没想到，本来以为病情渐渐好转的奶奶，却在一个多月后，永远地离开了我们！

从小到大，最疼爱我的人还是爷爷和奶奶。随着奶奶的离开，我更不愿再回想那段不快的童年！

原来我是妈妈的累赘

我胃疼，什么都吃不进去，喝口水也会难受得吐出来。屈老师带我去医院买了药，吃了也不管用；大娘不让我吃食堂的饭，给我煮了鸡蛋水，也被我吐掉了。他们让我给爸妈打电话，我硬是没打。一直坚持到周五，突然间妈给我打了电话："你在学校一直吐？你给妈老实说，是不是怀孕了？"我惊得下巴差点掉在地上，我亲妈竟然冒出这么一句！我回复说："妈，你说啥呢？我就是胃不舒服，那天我和你吃完拉面来学校就吐了，之后就一直吃不进东西。"妈说："你爸一会儿去修东西，接上你带你去看病。"

挂了电话，我思来想去，是谁给妈打的电话？大伯大娘确定没有打过。很长时间里，我一直奇怪，那个电话到底是谁打的呢？

爸来了，问了我的症状之后，带我去吃小米粥，可是刚吃完我又吐出来了。爸要修的东西在县城里没有配件，他带我来到焦作找，说顺便去市二医院检查检查。到了焦作，爸修完东西后说："在这儿检查还是回家看？"我说："你说了算，去哪儿都行。"爸说："那走吧，回家明天带你去镇上医院看看。"

我跟爸回了家。妈问我看病没有，我说爸说了明天带我去镇上检查。第二天在镇上检查，是胃病，打了点滴，爸妈又埋怨我在学校吃辣椒把胃吃坏了。

又到了我最恐惧的周末。晚饭后妈去打麻将了，我和爸在家。我回屋关上门准备睡觉了，爸也回了房间。我隐约听见爸在打电话，我本能地想到爸肯定是在和那个女人通话。

我手机里存有那个女人的号码，拨了过去，果然是"通话中"。我继续听爸那屋的动静，好像没了声音，这时，我的手机来电话了，是她。她问我有事吗，我说没事，慌忙挂了电话。

思来想去，我给妈发了条信息："妈，你快回来，爸和那女人在打电话。"然后我就睡觉了。

第二天早上，我起床后看见爸在门口坐着，脸色不好。我问爸怎么了，爸黑着脸吼我："我怎么了？你说我怎么了？我昨晚跟你妈吵架你不知道？我跟你妈吵架你就好过了？给我滚出这个家，不要再让我看见你！"

我躲回卧室猫在床上不敢出来。妈哭着来到我屋，大骂："小龟孙，要不是你，我早就离婚了，也不用再受这种苦。以前我家那么有钱，我嫁给你爸，现在看看我过的都是啥日子？"我说："你们的婚姻对我也造成了伤害，你离婚吧，我支持你。"妈说："我委曲求全过日子，你们一家都不让我好过。我离婚，娘家肯定回不去，当初是我执意要嫁给你爸，我只能打掉牙往肚里咽。儿子也带不走，是他家的根。你爸最疼你妹，也不会让我带走。妈带你走，可是你这么大了，妈再嫁人，人家也不会接受你啊。只有你啊，没人疼没人要，妈才受尽委屈留在这个家，还不都是为了你？要是你爸对你好一点，或者没有你，我早就走了。"

一时间，我才明白，眼前这个蓬头垢面、歇斯底里的女人，心里竟有一块那么柔软的地方。不管以前妈怎么凶我，我第一次感受到她也是爱着我的。而我，却成了她不能离婚的累赘！

那一天，我哭得特别伤心。

　　我曾失落昨夜梦境里一个美妙的结果；

　　我曾失落今朝晨露上一个七彩的憧憬；

　　我曾失落夕阳中一个斑斓的寄托……

　　听——

　　嫩绿的叶芽说：生长！生长！

　　洁白的花朵说：开放！开放！

　　深红的果实说：收获！收获！

我和驻马店爷爷奶奶的故事

我的学籍在驻马店，但因为是合作办学，我们都在本地县城读书。很多事情县城这边的学校跟我们说得都很含糊，我在网上查了学籍所在学校的地址、电话，还看到了一位王姓老师的 QQ 号，我加了老师的 QQ，说我是合作办学这边的学生，王老师说有什么问题他都会帮我解答。

我很想了解驻马店的学校是什么样子，于是偶尔跟老师在 QQ 上聊天。老师说你们录信息时会来这边，欢迎你们回家。我回复说："像我们这种亲妈不要后娘不疼的孩子，哪里有什么家啊！"那边的老师发了一个"大笑"的表情图。老师哪里会明白我话里的意思。

那天下着小雨，我第一次来到"母校"，我很想见见这位王老师。我在学校大门口给老师发信息："老师，您在学校吗？"老师回复："正要赶过去。"我一时有些激动，这位老师会不会很凶呢？看到一位撑着伞、满头白发的男子往大门这边走来，因为此前在 QQ 空间里看到过他的照片，我知道他就是王老师了。我赶紧拿伞遮住脸，想要跟他开玩笑吓一吓他。果然，老师从我身边走过去了还没有发现我，我把伞拿开喊了声"老师"，老师回头，愣了一下："静静？"我说："是我啊！"老师看着我，宽厚地笑了，说，这丫头，真调皮。

老师带我在学校走了走，给我讲学校的事情。下午，又带我去天中山公园。我曾经看到老师和他爱人在公园里"牡丹园"旁边的合影，便提出请老师带我去牡丹园看看。在公园里和牡丹园旁，老师给我充当讲解员和摄影师。我说："我可以叫你爷爷吗？"老师说："好啊。"

傍晚，老师带我回家吃饭，一进门就对爱人说："静静来了。"老师的爱人出来接住我的书包。我不知该怎么称呼，老师说："快叫奶奶。"奶奶姓周，是位医生。

吃了饭我有些困，奶奶说："来，去屋里睡。"说着把我领到卧室，是小叔叔的婚房。小叔叔夫妻都不在家住。我跟奶奶说早晨八点半叫我，我十点还要坐车返家。

待我醒来时发现已经九点多了，我着急地说糟了，晚了，然后嗔怪奶奶，说好的八点半叫我，怎么这会儿才叫。奶奶说："看你睡得那么香，不忍叫醒你。坐车的地方从咱家走只要五分钟就到了，不会晚的。"

第一次见面，爷爷奶奶对我这么好，让很少感受家庭温暖的我十分感动。

回去后，我和爷爷奶奶经常打电话或者 QQ 联系。我经常向爷爷汇报我的学习情况，特别是每当我有作品发表，我都第一时间向爷爷报喜。奶奶是位医生，她经常在电话里嘱咐我要注意饮食和生活习惯，有个头疼脑热的，我也会向奶奶咨询。

也许是太熟悉了，我有点任性，而爷爷也是倔脾气，我们俩谁都不让谁，总是让奶奶在中间调解矛盾，有时奶奶也无能为力。有一次我口不择言失口说了一个"滚"字，说完我也意识到犯错了，可那时的 QQ 也没有撤回功能啊。爷爷生气了，删除了我的 QQ，不接我的电话。我发信息道歉都没有用，只好给奶奶打电话向她求助。奶奶说："静啊，你俩都是倔脾气，这次你爷是真生气了，我也没办法啊。等你爷消消气就好了，你这段时间先别联系他。"

我不直接跟爷爷说话，但是会隔几天给奶奶打个电话问下爷爷的情况。奶奶说："你爷其实心里是有你的，你每次给我打电话他都知道是你，还要我摁开免提听，有时你不打电话来，你爷还问呢。你们这爷俩可要把奶奶愁死了。"

也许是上天不忍让我失去这份来之不易的真情，不久，学校通知我们集体去驻马店体检。体检一结束，我坐了一辆出租车匆匆来到爷爷家。其实我心里还是有点害怕的，爷爷要是不让我进家门怎么办？我忐忑地敲门，是奶奶开的门。奶奶看着我笑，好像她知道我今天一定会来似的。果然，奶奶低声跟我说："你爷知道今天你们来体检，他猜你一定会来家里的，所以中午有人叫吃饭都没去，在家等你呢。一会儿好好说话。"

我进客厅叫了声"爷爷"，爷爷抬头看了看我也不说话。奶奶叫我坐下，我就坐在爷爷边上的沙发上。因为前几天骑车摔到绿化带里，我的两个小腿都受了伤，爷爷刚好看见我露在外的伤，问我咋弄的，我详细说了，他就去拿药水来让我涂上。然后跟我说："你奶做好饭很久了，就等你回来吃呢。"我高兴得忘了腿上的伤，蹦了起来，赶快去厨房端菜，却又冒失地撞到墙上磕了脑袋。爷爷在背后笑："静静，这墙碍住你啥事了？你再撞墙我就拆了它。"

和爷爷化解了"矛盾"之后，不管有没有事情，我每年都会去驻马店看他们两三次。

人生，是不断遇见的过程，在这场相遇里，总有会真心对你好的人。我怀着感恩的心，收获一份至真至纯的"亲情"，这对我来讲是上天的恩赐，让我在心灵敏感而易受伤害的年龄里，拥有了陪伴和爱。

我去找那个女人

日子照旧，我还是每月拿着 70 块钱的生活费在学校上课。

周末回家，爸不在，弟弟妹妹在卧室玩电脑，我和妈吃饭。妈欲言又止地说："妈跟你说个事。"我说："你说吧！"妈说："她打电话骂我了，我可不能饶她，也骂了她。她说要来家打我，是我抢走了你爸。我就去她的店里找她了，她躲在里面不敢出来。你三叔和三婶去把我拽回家了，我心里气得慌。"

吃完饭，我越想越觉得妈受了欺负，我真的忍不下去了。我到大伯家借了电动车，去找那个女人。

一路上我设想了很多句开场白。到了她家店门口，我冲进去，她的表情很惊讶，说："静静，你咋来了？放学了？"我把设计的开场白都忘了，脱口而出："闲话少说，我今天就是来找你说事的。"她意识到我来者不善，故意转移话题："静静，其实我一直在关心你的生活，你在学校所有的事我都知道。"我一愣，我也没想到她突然冒出这么一句话，转瞬间，我也明白了一件事：那年，我在学校偶然碰见她。

我听了她的话，更生气了，大声说："我用不着你来关心。你知不知道，我有多恨你？因为你，我爸妈一直吵架，爸总是凶我。我希望你不要再来打扰伤害我们一家。"

她没有说话，从厨房端出两碗饭，自己留下一碗，也给我端了一碗。我挡开她的手，说："你不是要打我妈吗？你不是骂我妈吗？你还有理是不是？你知道你给我们家、给我带来多大的伤害吗？你现在还这么猖狂？"她坐在沙发上低头不说话，门口的邻居也围了过来。说实话，我当时是有些害怕的，怕她或者她家亲戚邻居打我，但是想到这些年受的委屈，我没有退缩。

突然，她老公从里屋出来了。我一愣，我原本就没想到她老公在家，他不会打我吧？他却没有那么凶，走到我身边说："静静，你听伯话，跟我来，咱俩出去说。"我跟着他出去了。在这场婚姻事故中，他也是受害者，一个老实巴交不善言谈的男人。

他说："静静，她跟你爸的事我都知道，苦了你妈和你们了。要不是为了孩子，我俩也不可能这么过下去……"

这时电话响了，是妈打来的，问我在哪儿，我跟妈说来找她了。妈问有没有打我，我说没有，妈让我等着她，她马上到。

妈和婶一起来的，妈向伯道了个歉说："我女儿也是为了我，你别生小孩子气。是这女人前几天打电话骂我，扬言要打我，孩子知道就找过来了。"伯说："我没有打静静。我知道是她做得不对。"妈说："咱俩都是受害者，我家的日子被她搅得不好过。"

回家的路上，妈说："我以为你上厕所了，一直不见你回屋，我猜你来这儿了，吓死妈了，她打你可咋弄？"我说："妈，这不重要，爸肯定已经知道我来找她的事了，回家爸打我怎么办？"妈说："看他敢打你？他要是敢打你，妈一定带你走。"

一进门，爸果然黑着脸在客厅条几前站着。我叫"爸爸"，他不理我，倒没打我也没骂我。

只是，从那以后的半年，爸几乎没有理过我。

第一次听说写作网络培训

不管家里发生什么事情，我的读书和写作始终没有停止。

自从屈老师让我知道了投稿这回事，我就想系统地了解和学习一下这里边的门道。

高二下学期的 5 月初，我在网上看到一则消息，说是有一个"写作网络培训班"在招生，培训班的创办人是著名的《知音》杂志的编辑陈清贫老师。我加了陈老师的 QQ，咨询授课方式以及费用。我特别想加入学习，可是我没有钱；陈老师说可以分期付款，可当时我连分期的钱都没有。我便不再去打扰陈老师，但一直在关注他的 QQ 动态。

我太渴望加入网络培训班进一步学习了，于是硬着头皮跟陈老师说，我现在没有钱付给老师，能不能让我先学习，以后慢慢还？陈老师爽快地说："没问题。我再给你打个折吧。"我当时真是太高兴了。

我正式加入陈老师的"写作网络培训班"，开始每天晚上在 QQ 群里学习报纸杂志文章的写作。而在平时没有授课的时候，我也会在群里跟各位老师同学聊天，这个和谐友爱的大家庭给我带来了很多快乐和温暖。

到浙江的服装厂做暑假工

暑假到了。别的同学都巴不得放假，可是在家待着过假期对我来说却是十分头疼的事，因为我总是害怕爸妈吵骂我。正巧有一个亲戚在浙江一家服装厂打工，我就跟爸妈说我也去浙江打暑假工，开学前回来。他们犹豫后还是同意了。

妈和爸送我去火车站。他们把我送上火车后下了车，我收拾完东西向车窗外看，妈还在窗外站着，我说："你们走吧，回去吧。"妈还是没走。不管以前发生过什么事，我离开家时妈还是不舍的。我擦了擦眼泪回头对着窗外的妈说："走吧，我会照顾好自己的。"火车开动了，刚开时起步较慢，妈追着火车跑，我心碎地敲打着窗户；火车速度越来越快，妈怎么会追得上。

这些年，我总是埋怨妈。那一刻，看着追着火车跑的妈妈，我心里的那份柔软轻轻覆盖住了多年的埋怨。

到浙江后，我进了工厂。其实这时我还不满十八周岁，是亲戚跟老板提前说明，并且强调只是做一个暑假，老板才勉强答应了，但是又说我的工资只能拿其他工人的 70%。我其实也不计较工资到底有多少，只要能让我去上班就行。

这是我第一次出去打工，还是在离家千里的地方。在工厂里，我的工作就是加工半成品布料，和缝纫机打交道，一位主管教我怎么操作机器。我从没做过这个活，做错时，难免会被主管训斥几句。

一天工作十二个小时，我累得腰酸背痛；更折磨人的是，工作时间大家都不说话，只是埋头盯着机器和手里的活，这让我这个习惯了学校热闹生活的学生极为不适应；而下班后，宿舍里的女工们谈论的话题基本都是老公和孩子，我插不上话，成了一个另类；我还吃不惯南方的饭食，总想往菜里加盐和酱油……那段时间，我觉得日子特别难熬，也终于体会到了挣钱的不容易。

两个星期之后，我有点坚持不住了，特别想回家。

偷偷去苏州参加培训班笔会

下班后别人在宿舍聊天，我窝在床上看书，用手机记录点小感悟。在翻看陈老师的 QQ 空间时，我突然看到"写作培训网校将在苏州举行笔会"的消息，我心头一振：我也想去参加这次笔会。

我跟妈打电话商量，妈发火说，不许我去。我只好假装答应妈，一个人背着书包坐火车跑去了苏州。

在高铁出站口，我看到了头戴鸭舌帽、熟悉又陌生的陈老师。陈老师有五十来岁，中等个头，面容和蔼，脸上总是挂着笑意。我还见到了很多只知其名未曾谋面的培训班老师和同学，其中好几位老师是国内很有名的作家、编辑，同学们虽然来自全国各地，但都热情而率真，让人不觉得陌生。

我是这次参加笔会的所有人员里面年龄最小的一个，大家都很照顾我。老师们鼓励我说，每个人的生活都不会是一帆风顺，你一定要积极乐观地面对生活。陈老师也说，你是个优秀的孩子，应该会有更好的一面在等着你。

在苏州培训课现场，我聆听老师们的讲课，认真地记了好几页的笔记。老师们讲课的内容都是写作投稿的"干货"，我不但学习了一些写作上的技能技巧，还知道了一些投稿的门道。而这些门道，如果靠自己去摸索，耗时又费力。

两天的笔会结束了，可我因为没向厂里请假，被开除了，半个月的工资也泡汤了。妈也知道了我偷跑去苏州的事，打电话要我回家。我来浙江带的钱本就不多，又没挣到工资，兜里的钱所剩无几。我买了一张回家的硬座票，车厢里夹杂着汗臭味、脚臭味、泡面味，还有老师送我的书的墨香味。

下车时，我的小腿都是肿胀的。在车上还在担心会不会被爸妈打骂，后来证明是我想多了，妈接到我，没有直接回家，而是难得地带我去饭馆吃了饭，又跟我说："你爸还不知道你去苏州的事，回家你也别说。"听妈说完，我悬着的一颗心也放下了。

吃饭时，我无意中看到妈手机的屏幕照片，竟然是我，是我那天离家去浙江时妈在火车站给我拍的。我想妈把我的照片设置为屏幕是因为想我吧，我眼圈红红地问妈："你手机屏幕怎么是我？"妈说："拿起手机妈就能看到你。"

这是我长这么大听到妈对我说的为数不多的暖心话，我赶紧低头吃饭，不想让妈看到我眼睛里含着的眼泪。

我的张爸爸

在我最初加入写作网络培训班的时候，我们的班长是武汉一位五十多岁的张老师，我叫他张伯伯。张伯伯作为"大家庭"的"家长"，对每一位成员都十分照顾。可能因为我是大家庭中年龄最小的一个吧，张伯伯在平时也十分关心我的学习和生活情况。

有一天晚上，大家在 QQ 群里聊天，我偶然看到张伯伯说自己正在练习二胡和小提琴。我很是惊讶，我的高中课程里正好安排有钢琴课，我深知自己对学好一门乐器的"恐惧"，而张伯伯如此"高龄"，竟然还有雅兴和耐心练习，真是很难得啊。

　　后来跟张伯伯交流多了，我知道张伯伯从小就喜欢音乐，但是因为种种原因，没能走上专业道路。直到最近几年，生活有了闲暇，才重拾爱好，努力学习乐理，练习乐器。他还跟我这个"学过音乐"的中职生抱怨，现在书店里很难买到正版、实用的乐器教材。

　　我在当天的日记中，记录下了张伯伯的故事和他的抱怨。我决定帮助张伯伯找到正版的二胡和小提琴演奏教材。

　　我的音乐老师中，有一位是市里的小提琴系教授。一天，我专门从县城坐车来到市里找到教授，向他讨要小提琴学习教材。也真是巧，教授说："静静呀，你来得真是时候，我就剩下两本了，我自己必须留一本，另一本给你。真是天意呀。"我暗自庆幸，又央求教授："您帮学生帮到底，再帮我找一本二胡教材吧。"教授哭笑不得地答应了。最后，两本教材都到手啦。

　　第二天，我赶忙把两本书快递给张伯伯。

　　两天后的中午，我接到了张伯伯打来的电话。电话那头的张伯伯十分激动，他说真没想到我是这么细心又热心的孩子，竟然帮他找到了一直想要却找不到的书，连声说"谢谢静静"。

除了写作外，因为还有对音乐的共同爱好，我跟张伯伯的交流自然多了些。在得知我的一些家庭情况和成长经历后，张伯伯对我更多了一些父亲一样的关爱。

慢慢地，我也知道了张伯伯一个更大的秘密：他曾经是一位癌症患者，但是多年来，他一直坚强乐观地面对生活，他也几乎忘记了自己曾经的病人身份。他说，人活着就要好好度过每一天，不去想不开心的事。

我听陈清贫老师说起，张伯伯现在还偶尔受到病痛侵袭，只是他从不会把自己痛苦的一面让别人知道。相反，他作为写作培训班的班长、大家长，一直以积极乐观的态度，在写作上鼓励大家，在思想、生活、工作上给大家以指导和帮助。我们看到的，永远是他热爱生活、昂扬向上的一面。

——直到苏州笔会，我才第一次见到了这位慈爱善良又历经人生磨难的张伯伯。当他亲切地拍着我的肩喊我"孩子"的时候，我的眼泪情不自禁地流了下来，我竟然脱口而出："张爸爸，你好！"

那一刻，我知道，在我的潜意识里，我已经把张伯伯看作父亲一样的人，而我又多么希望自己的爸爸也能像他那样亲切地叫我一声"孩子"啊！

张伯伯，不，张爸爸，也激动得眼圈红了，连声说："好！好！我又多了一个闺女，又多了一个闺女！"

在寒山寺的塔顶，我抛下一枚硬币许下心愿：我祈求张爸爸的身体能够完全好起来，不要再经受病痛的折磨！我愿他以后每天的生活里，都有快乐的琴声陪伴！

妹妹只想在"家"读书

开学我就高三了，妹妹也要读初一了。那天，爸带我去县城一个亲戚家，爸让我叫那位亲戚"姨姥姥"，听说话才知道是为妹妹上学的事来的。我和爸站在院子里看着姨姥姥浇花择菜，也没有让我们坐下。爸嘘寒问暖点头哈腰地跟眼前这个我并不认识的姨姥姥讲话，说起妹妹上学的事想让她帮忙，她不答应也不推辞。过了一会儿，爸掏出一个红包放在桌上，便带着我向姨姥姥告辞了。

那一刻，我心里确实挺心疼爸，又不经意间看到他的几根白发，心里更是五味杂陈。

妹妹在县城学校上学的事定下来了，可是妹妹闹脾气非要在老家镇上读书，爸不同意，她就在家和爸闹。爸又托人把她转到另外一个镇读寄宿学校，十三岁的她竟走了十几里路回家和爸抗争，说也不愿待在现在的学校。最后，爸只好妥协了，妹妹如愿回到老家镇上上学。妹妹的想法是，不用住在学校，没有老师管，而每天回到家爸妈也都宠她，她天天都会自由自在。

可我心里很难受。当初我考上了好学校，爸不让我上；妹妹不想去县城上学，爸却费尽心思也要让妹去。这道坎儿，好几年我都过不去。

我的语文老师

刚刚升入高三，我因发烧引起肺炎需要住院，便请了长假。

出院的前几天，我接到学校语文组老师的电话，问我身体情况如何，愿不愿意参加河南省技能风采大赛中的"汉字听写"比赛。我担心自己的身体状况，本想推辞，想了想还是答应下来。我想这对我来说是一次难得的学习和提高的机会。

我回到学校上课。我从后门溜进教室，心想免得打扰到同学们，可是一进门，讲台上的语文老师看到了我。

下课后我向老师道歉。这是一位穿着素雅、柔美温和的女老师，姓程。我对程老师说："老师您好，我叫邢静静，是这个班的学生。开学报到那天来过后，我因肺炎请假了，所以没有见过您，也一直没有来上课，还请老师原谅。"程老师微笑着看着我说："你就是邢静静？这几天我们办公室的几位老师说起技能风采大赛，都一致推荐你参加。有老师问到我，你班有个邢静静没有，我当时还没有印象，就说没有，原来就是你啊！小姑娘不简单，要努力啊！"听着程老师的赞赏和鼓励，我十分开心，同时也对这位温和爽直的女老师产生了好感。

我喜欢语文，也最喜欢上程老师的课。她来了，一件黑色西装上衣，素雅而有气质，跟大街上那些张扬新潮的时尚打扮形成鲜明的对比。她的长发，发梢有烫过的圈圈，头发束在脑后落在肩膀上，自然清新。这让人更觉得她美得与众不同。她说话的声音更美，柔和平缓，充满了母性的慈爱。

每次上程老师的语文课，我都很认真地做好课前复习和课下预习，以保证在课堂上能够理解掌握老师所讲的内容。课下，我还把开学初生病时程老师所有布置过的作业全部补齐了。有一天，程老师笑着说，你这个学生好奇怪，请完假回来，作业不用补也可以，你还竟然都补齐了。后来，我跟程老师熟悉之后，我曾开玩笑地跟她说："我这是爱屋及乌啊。"

慢慢地，我和程老师的交流多了起来。课下，程老师听到同学们说我在学校写得一手好作文，便找我要看我写的文章。我拿出一些来给老师看，甚至包括一些从来没有给别人看过的日记。

不知道从什么时候开始，我喜欢跟程老师分享我的快乐和忧愁；她也很愿意听，之后告诉我事情的解决方法。我不开心的时候，她会把我的头揽在她怀里安慰我。她处处关心我，我胃疼难受时她再三叮嘱我吃什么不吃什么。

我平时没有安全感，有一回我在专心做作业的时候，她走到我面前突然问了一句话，我吓得一抖，脸色发白，她赶忙心疼地哄我安慰我。此后，她私下里跟同学们说，不要在静静安心做事情的时候突然跟她说话，那样会吓到她。得知这件事，我心里是满满的感动。

我也经常想着怎样感谢程老师对我的这份特殊的关爱。高三时需要很多复习题和试卷，学校的打印机过于老旧，经常出毛病，打印出来的卷子总会出现模糊不清的情况。我跟程老师说："没关系，您把 U 盘给我。"我把我积攒的稿费全部取出来，买了一台打印机和几包 A4 纸。从那以后，我们班上的同学再也没有因为试卷不清晰而苦恼。

有一天夜自习放学，我和程老师并肩走下楼梯，我突然一脚踩空了，头朝下滑了下去。她慌了神，想要抓住我却没抓住。当时一起下楼的学生很多，灯光也昏暗，程老师架着胳膊大喊："别过来，别过来，有人摔下去了。"我摔伤了，她很自责，把我送到校医室检查了一番，看到我身上的红肿和瘀青，我没哭她却先流泪了。

高三这一年，我们师生习惯放学一起下楼，如果有哪天我是自己下楼的，心里还会觉得少了点什么。

程老师家离学校有点远，骑电动车大概需要二十分钟。天冷了，夜自习放学后，她的爱人开车来接她，只是放学后她还要站在门岗那里等。我要过去陪她，被她拒绝了；她让我回去休息，我硬要留下，我说哪怕我们两个人说话也比你一个人站在那里强呀。我们说着，笑着，感动着。看着她上车离去的身影，我才安心地返回寝室。

我身体抵抗力较差，经常会请假。但是，程老师的课我一节也没缺过，而且，每当她来上课，讲桌和讲台的卫生都被我承包了。冬天，我会在讲台给她放一杯热水，她可以用这杯水暖手，等讲完课嗓子不舒服时水也刚好能喝。

后来，在我去二百公里以外的许昌参加高考"单独招生"考试时，是程老师像母亲一样陪在我身边，陪伴我共同经历我人生中的一个关键时刻。

亲爱的同学， 永远的小伙伴

高三那年，我和杨宁、马瑞真、吴迪三位同学分到了同一个宿舍。我们在宿舍好像有分工一样：瑞真像"妈妈"，衣服坏了有她缝，被子乱了有她叠，本子散了有她装订；我和杨宁像"爸爸"，修桌子、挪床、爬上爬下的事我俩负责；吴迪则像是我们三个的"孩子"，我们每天给她扎花辫子，给她棒棒糖吃。平时，吃饭、上课、外出，我们四个都是手牵手肩并肩；难过了，互相依偎着，哭哭笑笑就过去了。谁也不会去想，我们这个充满爱的"家庭"会有分别的一天。

我把后面的故事提前写在这里。

高考结束后，我们考到了不同城市的大学。上大一的第一个学期，12 月份，我生日那天的一大早，我收到了一份让我异常开心和感动的礼物——我的这三位好伙伴，每人给我写了一封信，回忆我们在一起的日子，倾诉了很多当面不曾说出的心里话，送给我深深的祝福。她们把三封信放在一起，题目就叫《我们从未分开，祝亲爱的你生日快乐》。

这三封让我感动流泪的信，也代替我，记录了我们那段难忘的高中生活，还有我们永远的情谊。

瑞真给我的信是这样写的——

　　亲爱的静静，还记得第一次见到你时，你穿着一件黄色镂空上衣，黑色吊带，下身一件长裙，从教室后门走到了前排——如你的名字，一个文文静静的女孩。

　　可你却这样做自我介绍："大家好，我叫邢静静。我之所以取名静静，是因为小时候太淘气太闹腾了，爸爸妈妈希望我安静点。"我心里偷偷笑了，因为怎么也看不出，小时候的你会是个淘气的孩子。

　　也许你是有意这么说，可是我能感觉到，你是个乐观、自信的姑娘。如今，三年多过去了，你当初的模样，你的声音，仿佛还在眼前、耳边。

　　那时你是班长，热心善良的你，一直为班级做着大大小小的事。我们属于普通师范班，除了课本，非常缺少辅导资料，你主动帮助语文老师在网上查找资料和练习题，整理出来给大家做。有一天晚上，数学老师无意间说出，本来计划明天进行测验，可是因为学校打印机出了问题，试卷还没有打印好。你跟老师要了U盘转身就往外走。一个多小时后，你终于回来了，抱着厚厚的一叠打印好的试卷，满头是汗。好姑娘，你让我们大家怎么不感动，不心疼？

到了高三，我们平时要好的几位姐妹如愿地分到了同一个宿舍。开学时的寝室大聚餐，我因为一时有事没能参加，少了我，可你们依然那么开心，吃得那么高兴，还拍了一张张照片一段段视频发给我看，我是一边流口水一边流眼泪呀！

高三的一年时间，虽然短暂，但我们几个人相处得却是那么愉快。我愿意为你洗衣服，叠被子，为你梳头发。你说我是"事儿妈"，像家长一样打理着我们的小家。我都不知道你说的这个"事儿妈"是在夸我还是在笑话我了。

后来，你和杨宁被提前录取之后，你暂时离开了学校去团县委实习，但是晚上你会偶尔回学校来看我们，直到 6 月份高考结束。

我始终记得，我生日时，你和大家为我买了蛋糕，那是我十几年中第一个有蛋糕的生日。那天晚上，我睡得很香甜。

真快，今天是你的生日了。我们不能欢聚，我也不能再为你点红嘴唇，不能再为你梳头扎辫子，只想送上我最真挚的祝福——

亲爱的邢丫头，生日快乐！

杨宁写给我的信——

亲爱的静静，我们似乎好久没有联系了。但是你的生日，我一直都记得。

你总是那么优秀，你的身上有很多别人不具备的优点。你的美丽、善良、纯净，就像子弹，会深深地击中我的心。

到了大学，我们无法常聚，但是心中仍然彼此牵挂。岁月冲淡不了我们的情谊。

你是总会带给人温暖的女孩。高考前你说考试结束后要去秦皇岛看一位大伯，没有看过大海的我要求与你一路同行，快到秦皇岛时，我看到你的脸上充满了期待。这时你才告诉我，大伯是一位"瓷娃娃"，你说你答应过要去看他。

我瞬间觉得特别自豪，我的好朋友竟有这样的大爱！

去年的今天，我们还在一起给你过生日，如今的我们却各奔东西。偶尔在QQ空间看到你的动态，只知道，哦，还挺好的。

我们一起分享过彼此的快乐，分担过彼此的悲伤，共同度过一段珍贵的青春时光。我们一点点褪去稚气，变得成熟。

未来，我们的友情还会不会一直这样纯洁无瑕？

我相信，会的！

突然就不知道为什么会掉眼泪，那是我又想到了从前的你。

亲爱的静静，祝你生日快乐，永远快乐！

我们的吴迪写给我的信——

亲爱的朋友，你还好吗？一场高考，让我们的青春从此分别。

我们有缘成为高中同学。当时，我们还不在一个班，你是你们班的班长。第一次看见你时，你像一个老师，正认真严肃地在跟你们班同学说话。你们班的同学还在讨论你呢！哈哈……

有一次，有同学来跟我说你哭了，你们寝室的姑娘们怎么安慰怎么哄也不管用，让我去。我拥着你，可我也没有别的办法，只能说你别哭了你别哭了！后来，我才渐渐了解你笑容背后隐藏的伤心事。

高二的一年，我们没有太多的交集，但是有事时，一个电话或一条信息，我们立刻会赶到对方身边，那时，我们彼此心里好温暖。

高三时，我们有幸分到同一个班，又到了同一个宿舍。我认识了一群可爱善良又开心的小伙伴！

虽然我比你年龄大，但是你对我就像我的另一个妈。你会跟我商量三餐吃什么，提醒我洗澡带什么衣服，帮我洗头发，外出时千叮咛万嘱咐，什么事都不用我操心。有你这样的朋友，我真的很幸福。

我亲爱的朋友，虽然我们现在相隔很远，但感情并没有因此而减低分毫！

到了新学校，感觉照片上的你有些憔悴。你要好好照顾自己！身体是革命的本钱，你要好好的。

你有着别人身上所没有的气质，我们都觉得你与生俱来就是一个小公主，我们都想做那个国王去宠你一生一世，让你快乐地在草坪舞蹈，在金殿歌唱，做世界上最幸福的女孩。

平凡而不凡的你从来都笑容满面。亲爱的公主，祝你生日快乐！我永远是惦念你的人！

爸生病了

中午，在学校，手机响了，我一看是爸的来电，深深吸一口气后接通了电话。爸说："我在县医院，你放学来吧！"这还是我跟爸闹矛盾后，爸第一次对我这么和气地说话。其实我是害怕和爸在一起的，可心里又惦记着他生病。放学后，我匆匆来到医院，看见爸身上挂了个"24小时心脏监测仪"，原来爸是心脏出了问题。

在医院，除了问爸想吃什么饭菜外，我跟爸几乎是不说话的。我们父女从小就极少沟通，印象里也都是爸对我的打骂，我始终不习惯跟爸过多地对话。

晚上，我在医院走廊的长椅上睡，我跟爸说："有啥事你就叫我，我在外面。"半夜我突然醒了，看到爸坐在我的身边看着我。那会儿，我还不适应跟爸这么近距离地接触，看了爸一眼，我翻了身蒙上头躲在被子里装睡。爸回了病房，我把脑袋露出来，心里很难过，很久睡不着。

第二天，同病房的大伯说："你们父女俩也不说话，我家闺女跟我啥都说，俩人好得很。"我对大伯笑了笑，算是勉强的回应吧。爸说："一会儿去超市转转吧？"我"嗯"了一声。跟爸坐在出租车里，我还是不知道该说什么，那份沉默，就好像两个陌生人在拼车一般。爸应该也意识到了我跟他之间的疏远……

爸生病住院回来后，对我好像变了些，没有再大声吵骂，有时会问我学习的事，文章写得怎么样了。突然的问话，总会让我呆愣，的确，我还是有些不适应。

　　回忆爷爷奶奶讲起我小时候的事情，爸好像是把我捧在手里，含在嘴里，尽心尽力地呵护着。原来我和爸也有过那么多美好的回忆！我很想开口叫他一声"爸爸"，可这再寻常不过的字眼，从我嘴里说出来却是那样的蹩脚生涩。

我 给 妈 妈 写 封 信

　　18 岁的天空是多姿多彩的，我努力把身边所接触的人和事都看成美好的。我写过一些文章，却还从未写过自己的母亲，只因为心里还有一层深深的隔膜。妈生日那天，我用稿费给妈买了个好看的包，还给妈写了一封信：

　　　　妈，感谢您在 18 年前将我带到这个世界，感谢您没有在我煤气中毒时丢弃我，没有嫌弃我蹒跚学步带给您的劳累，谢谢您用包容心装下我的幼稚、自私和无理。有位诗人曾说：人的嘴唇所能发出最甜美的字眼，就是"妈妈"；最美好的呼唤，就是"妈妈"。一岁前，您用乳汁喂养我；一岁后，您用自己辛苦的劳作喂养我。把最好吃的东西留给我，把最好看的衣服做给我。

而长大后，幸福对我而言是多么奢侈的一个字眼。我承认，我从未曾摆脱过您和爸带给我的伤害。我想问，您和爸真正发自内心地感受过儿女绕膝带来的快乐与幸福吗？妈，我不想质问，不想再纠结于您和爸给我带来的不幸！

知子莫如父，知女莫如母。您真的能说了解我这个女儿吗？妈妈啊，这些年，爸对我冷眼冷语更加上打骂，而你只顾发泄自己的难受和痛苦。没有爸妈疼的孩子，在人生路上走得多么辛苦和心苦，心灵和世事的坎坎坷坷，都要自己扛过。我比同龄的孩子成熟，内心却比他们更脆弱。都说"慈母的胳膊是慈爱构成的，孩子睡在里面怎能不甜"，可我常常纠结于这句话，我想可能是我们母女这么多年没有真正地交流过，让我品尝不出这甜味。我是您身上掉下的肉，这份骨肉情是怎么也抹不掉分不开的，您心里肯定也有浓浓的母爱在等待充盈我的人生，只是我的心似乎设了防一样，我出不去，您也进不来。

父母和孩子之间，牵连最多的是生活的点滴：一个细微的动作，一件平淡的物件，一张静止的照片，一个微笑或者哀愁的眼神。我至今留存着两张我认为无比珍贵的照片，一张是我一岁多时您和爸抱着我的幸福合影，另一张是我初学走路时摔倒在麦田里（而我那时竟然还是微笑着的），我知道我微笑的对面，是同样笑得合不拢嘴的妈妈和爸爸。

在我成长的记忆里，您和爸并没有给我多少爱，相反我倒是很害怕跟你们在一起。我时常看着那两张照片流泪，只有看到照片中多年前的自己，我才能安慰自己说，您和爸也曾经爱过我。

妈，女儿如今长大了，也懂得迫不得已和情非得已。妈妈，如果可以，我也希望您能够放下，不管之前我们有过多少隔阂，我相信，您爱我，而我也爱您，只是，我们彼此需要时间来互相融入。

妈，我这几年的努力，只是想让你和爸知道你们也有个优秀的女儿。破茧成蝶时，蝴蝶需有很大的力气和耐力才能够冲破茧子，成为大自然中的一道风景，我已具备破茧成蝶的力量，只是在这天上飞行会累，妈，那时，请您给我一个依靠的怀抱。

永远爱您的女儿

妈读到我的信时，一边看一边流眼泪。可我还做不到直接去安慰妈妈，我知道，这些年的心结，还在缠绕着我。

外公偶尔来我家住

我愿意外公来我家住，因为外公一来，爸妈就不吵架了，而他们对待我的态度也会好些。

小时候，我只是零零星星听人说过外公当初不同意妈和爸的婚事，只是那时我还不懂事。长大后，我知道了一些事情，明白了一些事理，就理解了外公的想法。

外公其实是一个很苦的人。外公十岁的时候他父亲就去世了，他母亲带着弟弟妹妹改嫁，外公求母亲不要走，母亲走一步，外公就走到前面跪下来挡住，母亲走到村口，外公也一步一叩首地到了村口。母亲不忍，要带外公一起走，外公拒绝了。从那以后，外公开始"串房檐"过日子。没有衣服，别人不要的衣服甚至谁家有人去世扔下的白布孝衣，外公都会捡回来穿；没有吃的，就给人家做工换吃的。拉架子车往返五六十公里拉煤炭卖，在路上碰到一家丸子铺不舍得买丸子，拿出干粮向店家讨汤喝。

历经千辛万苦，外公在村里渐渐站住了脚。后来外公当了村支部书记，又一步步到县里、市里，当领导秘书，最后辞官回乡创业，娶妻生子。那前半生的坎坷磨难始终没有让外公失去对美好生活的向往和努力。

外公事业有成，我的外婆却在四十九岁时就去世了。那时我才三四岁，除了有一张外婆抱着我的照片，我对于外婆并没有什么印象。大家都劝外公再找个伴儿，他总是固执地说："我这个年纪哪还能找到踏实的人呢？说不定也是图我的钱呢！"外公的确是有钱的主，我出生前后外公就盖了两座大楼房，后来还给俩舅舅的工厂投资呢。

我上小学时，好像听说有人给外公找老伴儿，舅舅和妈妈兄妹四人都同意外公再找，可是外公对这件事并不热心。后来，与女方见了两次面后，外公的一个金扳指竟然被女方拿走了，外公那句"图我的钱"的预言也应验了，从那以后，家里人再也没有给外公张罗过对象。

我长大后，知道了外公的这些经历，基本上能够理解外公为什么不愿意让我妈嫁给我爸了：当时爸爸家那么穷，而外公是苦过来的人，怎么愿意让自己的孩子再去吃苦。

而我妈仍选择嫁给了我爸。爸再怎么困苦，也从未向外公张口借钱，爸是在争口气，谁让外公当初反对爸妈的婚事呢？爸一直想努力挣钱，让家人生活得好一些。

我以为爸会很讨厌外公，事实证明我低估了爸。爸妈半辈子争吵打闹，可是爸从来不会说外公外婆什么重话，而妈也从未惹过我的爷爷奶奶生气，两人就算再怎么吵架，也会尊重对方的父母。

外公上了年纪后喜欢在我家住。早上妈赖床不起，爸会起来给外公烧洗脸水，给外公挤牙膏，会去做早餐，外公还为此笑骂我妈："你爹在你这儿住，你不起来伺候你爹，却让我女婿做这做那的。"我知道外公说这些话时是心生欢喜的，爸并没有因为当初他的反对和打击而记恨怠慢他。

外公和我的二爷爷是亲家，又是老同学，每次外公来我家，二爷爷都会带外公去打牌、看戏，爸妈不在家时外公就在二爷爷家吃饭。当然，我也会让外公"点菜"，我来做给他吃。

每年春节，外公都会给孙辈们压岁钱。我跟外公一起过的最后一个春节是我上高三那一年。其实，因为高三课业忙，我正月初八就开学了，正月十五回家过元宵节。当时村里有唱大戏的，妈把外公接来看戏，我从学校回到家后到街上去接外公回家吃饭。当时外公的身体状况已经很差了，他见到我，一边走一边掏衣服口袋，我的第一个反应就是外公在为我找压岁钱，我忙说："外公，你别掏了，我知道你要补给我压岁钱是不是？我大了，我不要。"外公说："以前外公真是苦了你们了。这个压岁钱外公一定要给你，别的孩子都有，不能落下你。"

过完元宵节没几天，外公生病住进了医院。我周末去看外公，给他喂饭，扶着他去卫生间。外公甚至有些不好意思，我说："外公，没什么，人上了年纪就是这样子的，我爸以后老了我也要这样照顾他啊。你是我外公，我照顾你是应该的。"

外公没能再一次住到我家来。在医院里，外公一直在交代后事，还说要和外婆一起走。最后如外公心愿，就在当年外婆去世的同一天，外公安详地离去了。这是我见过的最美的爱情！

程老师和张爸爸陪我参加"提前高考"

报纸上时而会有几篇我的小文章发表。我把这些报纸存起来，集中展示给爸妈看。我想让爸妈看到我的努力，不再骂我没出息。

我还拿自己赚取的稿费在校外报了舞蹈班。我不想一直做"丑丑"的女孩，花季年华的我，渴望优雅和美丽！

4 月份，面临高考时，我心里有些犹豫。如果我在 6 月份参加全国统一高考，我将来报考的学校以及专业必须是"幼儿师范类"；可是我喜欢文学和写作，我想学习中文或相关专业，于是我很想参加 4 月份提前举行的"单独招生"考试，这样我的选择机会就会多些。

在这个面临人生重大选择的关键时刻，一直关心关注着我的张爸成了我的主心骨。张爸和我的班主任老师通了电话，详细询问我的学习情况以及我们学校以往高考的整体情况，然后张爸又连夜上网查询了解河南省当年的高考政策、招生信息等。最后，张爸和我的老师一致决定：让我参加在许昌举行的"单独招生"考试，报考学校是许昌职业技术学院。

考试之前，我的语文老师程老师已经决定要陪我一起去许昌参加考试。让我惊喜的是，张爸也打来电话："静静，明天我一早开车到许昌，我会送你进考场。"

第二天，在考场大门外，我一手拉着张爸，一手拉着程老师。有他们的爱和鼓励，我的心里是踏实的，也是没有遗憾的。

上电视，我成了"有出息"的人

考完试，我回到学校上课。因为如果"单招"没考上的话，我仍然可以参加 6 月份举行的全国统一高考。

这时，学校教务主任找我参加县里组织的主题为"中国梦，我的梦"的演讲比赛。程老师也如我所愿成为我的辅导老师。那段时间，不管我做什么，只要有程老师在，我都很积极，也会做得很好很顺利。

我的演讲词是自己写的，经程老师改定，我把内容全部背了下来，先练习朗读，然后有感情地演讲。在演讲台上，我声情并茂："一个人可以一无所有，但是不能没有梦想……"这些我自己写的演讲词，其实都是我自己的人生经历和领悟啊！

演讲完毕，坐在台下的评委和观众给了我阵阵掌声，那一刻，我找回了前所未有的自豪感。最后，我获得了一等奖的殊荣。

放假回家，先遇到了二爷爷，他对我说："静静，你前两天是不是上电视了？"我说："是啊，我参加了演讲比赛。您看到了？"二爷爷说："邻居跟我说在电视上看到你了，还说了重播的时间，我就守着电视等啊等。你弟也看到了，就大声喊，爷，快看，快看，我大姐上电视了。"

这次回到老家，我从一个从不被人夸的女孩，成了逢人便被赞扬羡慕的"香饽饽"——在老家人眼里，能上电视，算是一个"有出息"的人了。见到爸，爸说"我在电视里看到你了"，我"哦"了一声便回了自己的房间。

参加自由撰稿人大会， 二爷去世了

同样是 5 月，二爷生病住院了，我每天一大早都要去鲜奶店给他买牛奶送到医院，和姑姑替换着照顾他。

从小到大，我的三个爷爷对我都极为疼爱，我对他们也都有很深的感情。前几年我的爷爷去世时，也许因为我的年龄还小，对生命的体悟还不是很深刻，并没有产生那种痛彻心扉的持久的哀伤。爷爷去世后，随着自己渐渐长大，我越发珍惜亲人之间这份血脉相连的情感。

我拿着墨镜给二爷戴上，说："来，让孙女给你拍个照片，看你帅不帅!"虚弱的他摆出了很酷的姿势。拍完照，我对姑姑说："给我和二爷拍个合影吧!"我让二爷伸出"剪刀手"，我搂着他的脖子，就像小时候他背我一样，二爷像孩子般被我和姑姑摆弄得哭笑不得。

一位要好的文友姐姐从昆明给我寄来了两盒"玫瑰鲜花饼"，我第一次听说玫瑰花能做成饼并且还能吃，打开一闻，真的很香啊。我赶紧拿了一盒给二爷尝，二爷连声说好吃。我说："二爷，以后咱们年年买当年的玫瑰花做的鲜花饼。"姑姑明白我话里的意思，扭过头去偷偷抹眼泪。

我协助一位好友筹备了很久的"首届中国自由撰稿人大会"，原定 5 月 31 日要在北京举行，可是看着二爷的身体状况，我实在不敢离开。二爷好像看出我有心事，我对二爷讲了事情的原委，二爷说："静静，咱是穷人家的孩子，爷就盼着你们能有出息。你别想着我，你去北京忙你的事吧，只要你有出息，爷爷会很高兴的。"30 日上午，我在极度纠结和不安中离开二爷奔赴北京。

　　31 日上午，我正和几位老师、文友在宾馆里商量下午开会的事情，突然手机响了，是二姑的电话。我有一种不祥的预感，赶忙跑到门外，接通电话还没等我开口，那边已然传来哭腔："静静，你二爷今早走了。"我的眼泪一下就出来了。我说不出话，挂了电话，号啕大哭。大家把我拉回屋里安慰我，我用被子盖着头哭，我后悔来北京，没有在二爷床前尽孝。

　　——我掀开被子看他们还在，擦了擦眼泪说：来，继续讨论我们的事情，一会儿该怎么安排。大家惊愕地看着我。我说："我是带着爷爷的希望来到北京的，他就想看着我有出息。现在他去世了，我要做出一些成绩来告慰他的在天之灵。而且，天南海北来了那么多文友，我们也是第一次举办这样的活动，因为我离开突然改变工作安排也不合适，我还是留下来继续开会。"

我出门偷偷打电话给二姑，告诉她我明天一早回去。二姑哽咽着说："家人都理解你，二爷也会理解你的。"

在会场，我负责接待统计工作。面对每一位远道而来的文友，我都微笑着致意，没有人看出我像刚逝去亲人的样子。

好在会议圆满完成，送走所有的人，已经是晚上十点多。在从会场回住处的地铁里，我像断了线的风筝，失了根的草，有形而无神，靠在玻璃窗边发呆。终于，我忍受不住心里的悲伤，一下子在地铁里哭出了声。

第二天一早，我赶最早的一趟火车回家。在火车上，我在微信朋友圈公布了二爷去世的消息——

> 亲爱的二爷，我在这奔向你的火车上实在忍不住悲伤的眼泪！前些天，你明明还答应暑假陪我一起去海边旅游的，你还说想看到我考上大学，可是你为什么不能等到这一天了？我真的还是个孩子，接受不了这么悲痛的现实。二爷，我多么想这一切不是真的，多么想回到家时你还在门口迎我，准备接下我肩上的书包！二爷，你等等我啊，我正在回家的路上！你等等我啊，火车正在轨道上飞奔！你等等我啊，让我再依偎在你的怀抱……

信息一发出，我收到了无数朋友的留言，感动悲伤之余，大家纷纷安慰我，也有人好心地埋怨我可以不必留下来开会。还有两位要好的姐姐，直接打来电话，还没说几句话，就又心疼又难过地哭了起来。

我给大家统一回复：这一定是我终生难忘的日子！二爷不懂我做的事情，但是他知道我做的事对我来说很重要。也许二爷就是为了让我记住人生里有这样一场特殊的经历吧，他给我鼓励，也一定含着期望！我会在文字这条路上坚定地走下去！

我是下午回到家的。丧事办完，我静下来，给已在天堂的二爷写了一封信。

亲爱的二爷：

那天我回到家，我不知道是怎么从门口走到灵堂的，我哭喊着，姑姑抱着我，奶奶抱着我，我哭二爷你不要我这个孙女了。二爷你可听到了吗？二爷啊，你还是一心疼着我的，让我来得及见了你最后一面。我听到奶奶说你最后想的还是我，你知道这让我这不孝孙女有多么痛悔心碎吗？下午五点，你永远地躺在了冰冷黑暗的木棺里。二爷，那里是不是很黑？你怕不怕？我哭得发抖，大人们都抱着我，我说我想要二爷，可是，二爷，你还能回来吗？

亲爱的二爷，你在这人世间里最后的一夜，小孙女陪着你走完了。守了你一夜，睁眼看了你一夜，因为我知道以后就再也看不到了。你虽然躺在木棺里，可我就觉得你只是盖着被子睡着了。半夜摸摸你的木棺，却是那么凉。你去了另外的世界，你还是舍不得我的，对吗？奶奶抱着我说：以后静静来家再也见不到二爷了呀。二爷，你走了，你想我的时候就去梦里看看我，抱抱我吧。我还记得两个月前，我从学校回来看你，下着大雨，我冻得哆嗦，你把我的手攥在你的大手里，把我往你怀里搂，只有我知道我有多么的温暖幸福！二爷啊，我们今天约定好，下辈子我们还做祖孙，我撒娇，你宠我。二爷，我们下辈子再见！

我成了市作家协会年龄最小的会员

也许真的是天遂人愿，就在办完二爷的丧事不久，我突然接到一条短信，说让我拿着照片和身份证复印件，到焦作市文联办理"焦作市作家协会会员证"。面对这突如其来的喜讯，我简直不敢相信，忐忑地按照那个手机号码打过去，一位声音温柔的女老师接了电话并向我确认了这个消息。结束通话，我激动得流下了眼泪。

当天下午，我迫不及待地坐汽车赶到焦作市。半个小时后，我终于拿到了曾经让我羡慕不已的"作家协会会员证"。小小的一个塑料证书，却是对我热爱文字、努力写作的莫大认可和鼓励啊！

晚上，我直接赶回家，把会员证给爸妈看。爸妈翻看着小小的证书，不停地嘿嘿笑着。我还给他们看了我在回家路上收到的女老师发来的信息：恭喜邢静静同学，成为焦作市作家协会目前年龄最小的会员。

我终于用我的努力，换来了爸妈对我的微笑。

去秦皇岛看张大爷

5月中旬，我在网上查询得知我被许昌职业技术学院提前录取了。

没有了高考的压力，我想利用9月开学前的这几个月时间打工挣点钱。因为平时经常给团县委主办的青年报投稿，我跟那里的几位老师熟悉了。我向他们说明了我已经被提前录取的情况，最后经过领导同意，我被临时安排在团县委，协助做一些日常的办公室工作。

我的工作主要是整理资料，排版，撰写一些活动的通信稿件。虽然工作有些繁杂紧张，但是这些都是我喜欢做、擅长做的，比我第一次在浙江的服装厂打工可要开心顺手多了。

至今，我十分感谢当时的领导和老师们给了我这样一个工作机会。

收到第一个月的工资，我十分开心。可这时我把挣钱攒学费的事忘到了脑后，我想去远方看一个人。

就在3月份，我利用周末去武汉再次参加了一次陈清贫老师组织的写作培训笔会。在这次笔会上，我认识了一位残疾女作家曲晶，她出版过《飞翔的蜗牛》一书。曲晶姐姐与疾病抗争、不向命运低头的坚强乐观的精神深深感动和激励了我。我在想，相比曲晶姐姐，我是一个身体健全健康的人，我有什么理由不努力学习、不积极面对生活呢?! 也是因为曲晶姐姐，我更加意识到，社会上还有很多需要帮助的人，就像我也曾经被很多好心人关爱一样——我应该把这种爱心传递出去。

就在这次笔会上，我还认识了一位来自河北秦皇岛的文友。他同时也是秦皇岛当地的一位爱心志愿者，经常和其他志愿者一起，帮助、资助一些残疾人和家庭困难者。

通过他，我从网上认识了秦皇岛一位六十岁的张大爷。张大爷患有先天性的脆骨病，也就是人们常说的"瓷娃娃"。可是我听文友说，张大爷是一个十分乐观的人，他无法外出行走，但是他喜欢看书，每天都用手机记录自己的读书心得和对生活的感悟。

"认识"张大爷后，我想，我这几年多多少少走了一些地方，而且一直在行走，我可以把我看到的精彩世界分享给无法走出去的张大爷。于是，我找出以前出门时拍摄的照片传给他看，并给他讲述照片背后的故事。有时候，我还会打开手机视频，弹钢琴唱歌给他听。而张大爷也十分关心我，经常会发信息问我有没有好好吃饭、注意身体之类的话，尽管在旁人眼里这些都是很寻常的问候，但在我看来却是幸福和温暖的。

久而久之，我们俩变得像亲人一般了。我跟张大爷说，等有机会了，一定去秦皇岛看你。张大爷对我说："虽然你曾经有过不开心的回忆，但你是个善良、真诚、懂事、有爱心的孩子。你走到哪里，就会把阳光带到哪里。"

现在，我拿到工资，终于有钱了，我决定去秦皇岛看张大爷。我约上了我的好朋友——同学杨宁一起，坐一夜大巴来到了秦皇岛。虽然我听说过张大爷的身体和生活状况，可是当我真正看到他，看到他躺在特制的小铁床上，再看到他不同于常人的严重残疾的身体，我还是忍不住伤心地哭了。

对于我和小伙伴的到来，张大爷十分开心，他甚至把这个消息通知了几位熟悉的病友。他不能自己动手做饭，但是他嘱咐身边的亲人，一定要买"静静最爱吃的鱼"，还有市场里最新鲜的大海虾。

我从老家过来，没有给张大爷带什么贵重华丽的礼物，只送了著名作家史铁生先生的两本书，还有一个保温杯。我想，史铁生先生的书，能够慰藉张大爷的精神世界；而那个保温杯，春夏秋冬都能用，我离开他以后，他每天拿起杯子就能想到我，想到我曾经来看过他。

临走时，张大爷拉着我的手说："小丫头，下半年你就要读大学了。我知道你的不易，祝愿你人生的路越走越精彩。"

我忍住眼泪使劲地点头："嗯，大爷你放心，我会的!"

我挥挥手，跟张大爷告别。

也跟一段过往告别。

第四章

大学：这个世界爱着我

爸妈送我上大学

大学开学，爸妈和舅舅送我到许昌职业技术学院报到。去往学校的火车上，我看着窗外快速后退的一景一物，心里有隐隐的悲伤。我离家更远了，也终将离爸妈更远。

我的寝室在五楼。爸把我的行李箱从一楼一直拎上来，中间也不让我帮忙。妈为我收拾床铺，安置生活用品。爸在校园里跑了好几个商店，为我买来质量最好的电源插座。临走前，爸还认真地检查了我的床板床栏杆是否结实安全。

这一天，我第一次温暖地感觉到，我的爸妈和别人的爸妈是一样的，都是疼爱自己的孩子的。我也第一次感觉到，我和爸的距离如此之近。我看到爸的额头已经长出了白发，再想起爸对待我的态度已经有所改变，他正试图弥补，而我仍一时不愿接受，心头悲凉之际，已经放下了这些年对他的怨恨。

把我安顿好之后，爸妈和舅舅要返程了。虽然是我自己选择离家到这么远的城市上学，可是当我看着爸妈就要离开我而去，我还是流出了眼泪。以前尽管打打吵吵，但我其实从未离开他们太远太久，而此刻，我真的是要更远更久地离开他们了。

后来，我读到作家龙应台以一位母亲的身份发出的慨叹：所谓父女母子一场，只不过意味着，你和他的缘分就是今生今世不断地在目送他的背影渐行渐远。我在想，作为女儿，我和我父母的缘分呢？在我还未曾远行时，似乎就已渐远；而今我终于远行了，我们的缘分会不会因此而拉近呢？

我喜欢旅行

开学后不久，就是国庆长假。我趁着假期，到山东青岛再次参加了一次文学培训会。这次参会的培训老师有我国著名"神话小说大师"周濯街老先生，他的代表作有《天仙配》《妈祖》等；还有编辑、作家王恒绩老师，他的代表作《三袋米》《疯娘》曾感动无数人。

而我，荣幸地担任这场文化盛会的主持人！

这次培训，让我深深意识到，要想成为一名作家，真的要"读万卷书，行万里路"。我明白"行万里路"的内在含义，其实更多强调的是人生阅历和对这个世界的亲身体验。我想，我年纪还轻，人生阅历还远不够丰富，那我就用另外的方式来弥补吧：多出去走一走。

培训会结束后，我就又随几位老师和文友，去了安徽六安、江苏昆山和南京。这些师友年龄都比我大，一路上，我一边看山看水，一边听他们谈人生，讲写作，聊风景，我觉得这些对我来说都是难得的学习。

遇见一位台湾爷爷

结束南京的旅行，我准备返回学校。在地铁站，我刚买完票，听到旁边一位老人向别人问到南京南站怎么走。真巧，我就是要去南京南站赶火车，于是我跟老人说："爷爷，您和我一起走吧，咱俩同路呢。"

出了地铁，我问爷爷："您买了火车票没有？没买的话我可以帮您买。"他连声说好，然后掏出了他的证件给我。我看了证件才知道，爷爷原来是位台湾人。

我帮台湾爷爷买了票，进了候车厅。也许真的是缘分吧，我们两个人的检票口是挨着的。我和爷爷坐在一起，聊起了家常。我把包里带的吃的拿出来给爷爷一些，他也拉开他的包，天啊，竟然也都是吃的，爷爷把他的"台湾美食"也分给了我。我自己觉得很好玩，旁边的人也在看着我们笑：这并不太熟悉的一老一小竟然互赠起了零食。

这一年，由于我的二爷爷去世，此后每逢看到老人，我心里总是不由想起二爷爷。我的发车时间比这位台湾爷爷早了点，他执意帮我拎着箱子，一直送我到检票闸机口。我说爷爷我们一起拍张照片吧，万一哪天我去台湾也好拿着照片找您啊。爷爷笑着同意了。最后，我们把那张照片定名为"白发红颜"，爷爷还教我"发"字繁体字的写法。我跟爷爷互相留了联系方式。过了检票口，我转身挥手说："爷爷，以后我们一定会再见面的。您照顾好自己啊！"

我在转弯处回头，爷爷一直向我挥手。愿我们真的能再相见。

勿以善小而不为

中午下课，我和同学到校外吃饭，快到餐馆门口时，我看到一位衣衫褴褛的老大爷，在淅沥的小雨敲打下还呆愣地坐在路边石头上。我从他身边走过，转身看着他，直到我在餐馆里靠窗的餐桌前坐下，我的眼睛依然看着窗外的他。老人站起来捋了捋白花花的胡须，又用手上已经锃明瓦亮的手套擦了下鼻涕。一件露出棉絮的破烂大衣半披在肩膀上，左边的袖子只剩了半截。

我和同学的饭端上来，我们正准备吃，这位大爷的举动着实让我心里一颤。他走到饭店的垃圾桶旁，拿起地上的几个食品袋（里面装着客人吃剩下的饭菜），回到原来坐的地方，蹲在地上拿起那剩饭剩菜吃了几口，可能袋子里也没剩多少东西，他又放下了袋子，然后从随身的小破包里拿出一块干巴巴的烧饼吃。

　　我心里难受极了。我跟同学说我给他买碗面吧，可同学说餐馆也不愿意把盛面条的餐具给这位捡破烂的老人用啊！我想想也是，于是丢下饭碗跑去前面不远处的蛋糕店，想给他买些蛋糕充饥，可是因为下雨，蛋糕店关门了。没关系，我还有最后一个办法。我急忙跑回学校寝室，把我平时吃饭的碗拿出来，又一路跑到餐馆，告诉老板：来碗面，少菜，多面，多煮一会儿，不放辣椒。做好以后盛在我拿的碗里就好了。

　　想着一会儿大爷就有热饭吃了，我心里才稍微平静下来。我没法把这位老大爷请到餐厅里吃，我还要顾及餐馆老板和其他客人的感受。

　　热面终于送上来了。我端着碗走到大爷跟前，蹲下身来把碗递给他，他没有拒绝，只是面无表情地看着我。我告诉他趁热吃。我问他是哪里人，他说是县里的。哪个县也没说。我又问，大爷你家里几口人？你的孩子呢？他的眼神这时就有些悲凉，东看西看，也不再说话。我怕面凉了，就催他赶紧吃。

我得返回学校了，我告诉大爷，吃完饭以后这个碗就是你的了，这个碗原本是我的，我送给你了。我又跟他说这几天都有雨，你在哪里休息？记得路的话赶紧回家去吧。临走时，我把钱包里唯一一张百元钞票递到大爷手里，我还想着他拿着钱会不会买点吃的，买东西时会不会被人坑。

回学校的路上，我一直想着这位老人。他是不是有病在身？是否因儿女不孝而走出家门？还是真的没有儿女只是一个人生活？他记得回家的路吗？他有家吗……种种疑问都在撞击我的大脑，可我没有答案。

那时，我没有更大的能力，也没有更多的钱，但是遇到这样孤苦伶仃的老人，我想能帮一把还是要帮一把，我也只能做到这些了。在这个世界上，当需要我们做一支蜡烛照亮黑暗的时候，我们一定要当一次蜡烛。

祝福老人一切安好吧！

十九岁，生日快乐

在我的记忆中，过生日就是小时候妈妈给我炸油饼，我迫不及待地先吃上一个，然后再去给几位爷爷奶奶每家送过去一些。他们会用红线拴上两枚硬币挂在我的脖子上，就是类似长命锁的意思。

上大学后的第一个生日快到了，可我没有什么特别的想法——长大后我反而淡漠了生日的概念。

生日的前一天，我正在北京和几位文友在一起。第二天一大早，我收到了大学同寝室五位姐妹发来的微信群信息："静静，十九岁生日快乐！""你今天能回来吗？我们要给你过生日。"

说实话，如果不是姐妹们的这份情谊，我并没有把今天看得有多么与众不同——不是我不记得这一天，而是对这一天的记忆太深刻了。

同龄人最了解同龄人了，简直比我妈还了解。

我突然感觉今天应该是个值得珍惜的日子：姐妹们的这份情谊，比生日本身更重要。

我赶紧买了回许昌的火车票。微信群里更加热闹起来，大家商量着谁去订蛋糕，谁去找一个实惠又热闹的餐厅……

傍晚下火车回到学校，刚放下行李，小伙伴们就拉着我来到了一个自助餐厅。在餐厅里，大家不顾人多，给我鼓掌，给我拥抱，给我戴寿星帽，给我唱生日快乐歌，和我一起吹蜡烛许愿，一起分享蛋糕，然后各式的花样自拍……一个青春女孩渴望拥有的简单但快乐感人的仪式和小温馨，我的姐妹们都让我在这一刻拥有了，实现了。

那时，我在想，如果我的爸爸妈妈能看到这一幕，他们会不会明白，对于他们的女儿来说，她从小到大所渴望的温暖和快乐，本该是多么容易实现的事啊！一个微笑，一句暖心的话，一个拥抱，甚至一家人亲亲热热地吃上一顿饭……可是，在我十九年的记忆中，这样的情景是多么难寻……

我至今感谢感恩我的这五位小伙伴，是你们，让我在这个人生每一年中最重要最特殊的日子里，感受到了快乐温馨中的仪式感，仪式感中的快乐温馨。从此，我人生中的这一天，无论怎么度过，都不再有缺憾。

我会永远记住这一天，永远记住你们！

谢谢你们的爱！我也爱你们！

我生病了

高中的时候我就有痔疮，一年过去越发厉害了，大便经常会出血，我打电话跟妈说了情况，妈说过几天我放寒假回家就带我去做手术。

放寒假，我中午刚到家，爸就说下午要带我去医院，妈说闺女刚回来，休息一下，明天再去吧。爸现在真的是发自肺腑地对我关心了。

第二天一大早，爸妈带我去医院做各种检查，最后决定当天下午五点手术。医生给我打麻药时，我疼得涕泪横流大叫"妈妈"。一直在门外守候的妈听见我的哭喊声，也心疼得大哭。爸握着妈的手，着急却毫无办法。

医生说怕手术后大出血，告诉妈晚上不能睡，要时不时看看我身下有没有血迹。那晚，麻药劲过了之后，我在病房里哭得整个楼道都能听见。妈一直握着我的手，爸跑到小卖部给我买了牛奶和棒棒糖，看到棒棒糖，我又哭着笑了，一时间，感觉像是回到了小时候……

那一夜，爸妈基本上没睡觉。

因为担心感染，医生让我每次上完厕所后都要用热水冲洗一下。每次都是妈给我打来热水，调好水温，稳稳地扶住我。我想起了小时候爸妈把我放在热水盆里洗澡，只是现在的我已经是大姑娘了。

在医院那段时间，爸每天都会来看我，给我带好吃的，我知道，爸心里觉得对我有亏欠，现在他想弥补，却又不知从何做起——爸只会给我买点零食。我哭笑不得。

出院回家后，因为行动不便，我只能窝在家里。爸知道我闷得慌，就开车带我出去转悠。从前只有我一个人来散步的黄河岸边，第一次留下了我们父女的脚印。

爸爸背起我

寒假，正月初六的晚上，妈说觉得脸和胳膊有点麻，爸赶忙带妈到了镇上。医生说吃完药一个小时后如果还是这种症状，就赶紧去县里医院看。

妈吃了药半小时后，爸拿瓜子皮扎了妈一下，妈竟然没反应，爸又拧了妈，妈还是没反应，爸有点着急了，赶紧打电话找人开车把妈送往县里医院。

我怕妈出事，也跟着去了。一路上，车里很安静，爸抱着妈不说话。40分钟后到医院，妈已经不会走路了，爸背着妈做检查，从这个屋背到那个屋。我看着这一幕，心里有些疼，这么多年，爸什么时候这样背过妈。

检查结果是感冒中风导致的血小管堵塞，医生给妈输了液，爸拿了小板凳坐在妈的床前守了一夜。我也在医院和爸替换着照顾妈。

好在妈慢慢恢复了正常。妈说："我就想赶紧好了快点回家，年还没过完呢，咱家都跑医院来了。"

几天后，爸要回家处理生意上的事。那天晚上我跟妈说要回家拿些东西，第二天再来医院。晚上在村口下公交车，我没让爸去接我。走在回家的路上，街道两旁家家户户都挂着彩色闪灯和大红灯笼，洋溢着节日气氛。

我家门口和院墙上也挂着这些，只是当我走进院门，感觉多少有些冷清。

隔着门帘，我看到爸坐在沙发上发呆，还不时用手揉揉眼睛。看着眼前的爸爸，我心里很是难受，原来平时爱吵爱吼的他也怕孤独，心里也会有柔软的一面。爸一定是在惦记着还在医院里的妈。不管是出于爱，还是夫妻多年养成的亲情，至少在他心里，最牵挂、最重要的人还是跟他相濡以沫的爱人。

妈终于在元宵节前一天出了院，身体也完全康复了。

和爸妈走出医院的时候，我想起入院时爸背着妈的情景，我跟爸说："爸，你背了我妈，也背背我吧！"爸不说话，嘿嘿地笑了，然后把手从背后握起来弯着腰，我一跳跳上去，爸顺势背起了我。妈在一旁笑着说："这么大闺女了还要爸背着。"可是只有我知道，在爸的背上，我流泪了。这是从我记事起，记忆中爸第一次背我，这一幕，我等了好多年。

自从这次妈生病以后，爸很少再和妈吵架了，对我的笑容也多了起来，在家里说话的声音也比以前温和了许多。

为老家邻居募捐

春季开学后两个多月，我听妈说，老家一位本家邻居得了白血病，在医院治疗，因为家里穷现在没有钱了，村里为他组织了捐款，但捐款数额远远不够。

这位邻居我很熟悉，叫邢杨（为尊重当事人隐私，此为化名），按辈分我要叫他小爷爷。我听妈说完，心里顿时有个大胆的想法：我要为他组织捐款。我专门回家了解了他生病前后的详细情况，整理了他的病历，还有我们当地电视台的报道和村民捐款的图片，结合我对他家庭状况的了解，写了一篇题为《祈求死神放过我年仅 26 岁的生命》的文章，发布在了我的微信朋友圈、QQ 空间，同时投给了"当代文学微刊"公众号。原文如下：

> 26 岁，对于很多人男人而言，正是意气风发、工作和生活都在爬坡的阶段，而邢杨却因患重度白血病在病床上度日如年，更无奈而悲伤的是，他的医药费花的都是年迈的父母搬砖打工换来的钱。

这是发生在我身边的事情。邢杨，河南省××市××镇××村人，今年4月初被查出患有重度白血病，他上有八十岁的奶奶和五十多岁的父母，下有两岁半的儿子和未婚的弟弟。这样的年龄，对于一个农村人来说，正是在外面打拼赚钱的时候，可他却被无情的病魔击垮，在医院里痛苦地煎熬着。

在此，我想为他向各位好心人募捐！

也许你会问：你一个小孩子，搞什么捐款？你自己还在读书，你能搞得好吗？

我只有19岁，很多人会觉得我是人微言轻的。可我除了是个刚刚19岁的大学生，我更是邢杨的亲人，因为我叫邢静静，从出生那一刻起，我们已注定这辈子都有一份剪不断割舍不掉的亲情。我和他从小生活在一个小村庄，在我19岁的生命历程里，也曾有那么一段段的童年时光被他抱在怀里。如今，我只想尽自己微薄的力量，让他活着！

前段时间我曾看到北京文友为一位白血病宝宝捐款的消息，所以今天，我也冒昧地在这里为两岁半宝宝航航的爸爸筹集善款，让他能够早日进手术室换骨髓，能够有健康的身体来赡养自己年迈的奶奶和父母，能够有机会有能力来抚养自己的小宝宝。

那天我回家，听见一直由爷爷奶奶带着的小航航哭着在电话里说："爸爸，你不要死。爸爸妈妈，你们在哪里，我想你们了。"孩子的妈妈在朋友圈里说：孩子不可以没有妈妈，也不可以没有爸爸。儿子，妈妈正在努力让你继续拥有爸爸。

邢杨的奶奶，如今已八十岁高龄，满脸的皱纹也道不尽她一生的劳苦。老人家在年轻的时候丧夫，自己把儿女拉扯大，一辈子都没走出过农村，靠种地给儿子娶了媳妇，又盼着孙子长大成人娶媳妇。好不容易熬到了四世同堂，本以为可以像村里其他老人一样悠闲养老，此时却突然间坍塌了顶梁柱，老人顾不得年迈的身体，每天到处捡拾垃圾换钱要给孙子看病。

从我记事起，邢杨的父母都在建筑队做工，饱尝人生艰苦辛劳。如今，再强大的父母也难以接受这突如其来的打击，他们哭着说："我们要挣钱，要给儿子救命。"这对父母为了给儿子救命，放下尊严给捐款人鞠躬下跪。

亲爱的朋友，求求您帮帮这困难和不幸的家庭吧。大家的一次善举，真的会改变一个人，一个家庭。

赠人玫瑰，手留余香，这是一条年轻的生命在寻求帮助。

如果您愿意，请帮帮他们吧！这个风雨飘摇的家能卖的都卖了，能借的都借了。救救年轻的生命吧，让他的父母老有所依，让他的孩子能够在父爱的陪伴下健康成长。人世间总有那么多的美好，在这个艰难的时期，您的一块钱，就能让邢杨换骨髓的日子提前一天。所以，恳请各位爱心人士伸出您慈爱的双手，我们一起努力，从死神手里救回邢杨，让他的双亲和儿子都有大男人的肩膀可以依靠！

　　我真心感谢大家，也替邢杨和他的奶奶以及父母妻儿，感谢所有的好心人！

　　当天，我在下午4点写完这篇文章并发布出去，到晚上10点的时候，我已经收到4000余元的捐款。好心的捐款者有我的老师、同学、文友、作家和编辑，甚至有很多从未见过面的人。另外，在"当代文学微刊"公众号发出的这篇文章，也收到了很多好心人捐助性质的"打赏"，加上稿费总计将近800元。

　　这5000多块钱，对患病者来说是一份沉甸甸的关爱，对我来说是一份支持和信任，我内心里对所有的好心人充满了感激。

　　我请假从学校赶回老家，拿着捐款的明细手册，和妈在家仔细对了一遍，同时请来家族里的老人一起见证。

　　还未到邢杨的家，我看见他的奶奶坐在大门口抹眼泪。走近老人家，我还像小时候一样拉着她的手。她瘦了，憔悴了，看着她，我的眼泪忍不住流下来。她看着我，很想对我笑一笑，可是又笑不出，或许她在高兴曾经的小丫头长大了，懂得感恩和担当了，同时又在为孙子看病的钱还没个着落而发愁。

　　族长把正在田里浇麦子的邢杨父母找回了家，说静静回来给孩子送捐款了。我不知道这对朴实的父母此时的心境是怎样的，也不敢去看他们的眼神，我怕我忍不住在他们面前失态。

　　我把零零散散的钱交给族长，再请族长转交给邢杨的父母。做事要有始有终，别人相信我，我应该把这件事给大家一个清楚的交代，让捐款的好心人知道善款已经交到患者家属手里了。

　　当晚，我写了一篇《善和感恩是生命永恒的主题》来记录这次募捐的经过。在感谢所有好心人的同时，我心中也有一丝丝的安慰：我可以写文章来组织捐款，来救助我的亲人，这也是我以自己的能力，对家乡亲人的一点回报。

在横店影视城

暑假，在浙江横店影视城拍剧的一位老师邀我去她那里学习实践，我十分高兴，带上几本书就出发了。这一次，爸妈没有去火车站送我，可能他们已经放心和支持我一个人在外面学习、旅行、体验世界。

在横店的一个多月时间里，我每天晚上都跟着老师学习剧本创作，我还把《红楼梦》全书看了一遍，把《红楼梦》电视剧反复看了三遍。

对于学习剧本创作的人来说，"拉片"是必不可少的一步，也是入门第一步。拉片就是一格一格地反复看电影（电视剧），记录分析每个镜头的内容、画面、表演等，其实就是抽丝剥茧地分析电影（电视剧）。

我第一次跟着老师拉片的电视剧是《马向阳下乡记》，讲述的是不靠谱的城里公务员马向阳下乡去大槐树村任职，在那里发生的一些令人啼笑皆非的事情。这次的学习为我打开了文学创作的另一扇窗口。

白天，只要没有什么特殊的事，我就到影视城里去转。在这座有"东方好莱坞"之称的小城里，我看到很多影视剧组、影视明星以及群众演员。我印象最深的倒不是那些明星，而是穿着厚重的道具服，在泥水里摸爬滚打，甚至连面容都无法在屏幕上露一秒钟的群众演员。他们大多是外地人，有二十岁左右的，也有四五十岁的，背井离乡来到这里，为了生活，更是为了心中的愿望和梦想。

我认识了一位和我年龄相仿的男孩，他来自东北。我和他攀谈了几句，发现他竟然也是"离家出走"来到这里的。他也是一位大学生，但是他不喜欢他的专业。暑假，他的父母本来想让他待在家里，一家人好好团聚一下，可他一心喜欢表演，留给父母一封信就坐车跑来横店了。他还说："我一定要在电影里露个脸，要不然我这么辛苦，爸妈根本看不出是我。"

我会心地笑了，我和他的想法做法曾经多么相似。只不过他这样做是一种主动的选择，而我仅仅只是被动地为了证明自己。我祝福他能够在电影里"露个脸"，因为我深深理解，这对他来说，是多么重要和光荣的一个成就啊。

妈妈和"我的朋友们"

暑假即将结束时，写作网络培训班负责人陈清贫老师告诉我一个好消息：集结了写作班学员文章的《寻梦陈家大院》一书出版了，即将在武汉举行一次新书发布会暨文友交流会。陈老师还告诉我，我的一篇文章《若非梦想怎远方》也收录到了此书中。

我十分开心，当即决定去武汉参加这次活动。

在计划行程时，我突然有个想法：我要带妈一起去武汉。

我首先想到的是，这些年来，妈除了只去过一趟西安，其他地方几乎都没去玩过。另外，我还有另一个更深的考虑：我想借这次活动聚会的机会，让妈认识一下我的另外一个大家庭里的师友——陈清贫老师、王恒绩老师、"惊悚女皇"红娘子……当然，还有我的张爸。我想让妈知道并且放心：她的女儿在这几年里，努力的方向和动力在哪里；在家庭和亲人之外，都有哪些好心人，一直在关心和支持着她的女儿；她的女儿又取得了哪些进步、哪些成绩……

事实证明我的这个做法是很正确的。在活动现场，当妈看到那么多热心善良、有着共同爱好和追求的人聚在一起谈笑风生，看到我跟这些师友相处时那么自然大方又开心快乐，看到那些著名作家、编辑老师们对我这个"小同学"在写作道路上取得成绩的认可和鼓励……妈妈不禁激动得流下了眼泪。

活动期间，我特别带妈去见了张爸，讲了张爸平时对我关心照顾还有和程老师一起陪我高考的故事。张爸和妈就我的成长和学习聊了很久，最后妈动情地说："张大哥，我和静静爸没什么文化，在对待孩子的事情上很多地方做得不对。您是好人，又有文化，感谢您对静静的关心和帮助。"张爸对妈说："静静是个懂事又善良的孩子，我很愿意看到静静快乐地成长。"

这次带妈跟"我的朋友们"见面，用妈自己的话说就是"原来我这个当妈的以前根本不了解我的闺女。现在了解了，也放心了"。

活动结束后，我和妈一起去逛大武汉，我们去了长江大桥、黄鹤楼、户部巷、楚河汉界。这是我们娘俩第一次共同出游，我一直跟妈解说这里那里的风景，带她吃周黑鸭、热干面、臭豆腐。我和妈在街上嘟嘴卖萌自拍，那一刻，我们不像娘俩，倒像闺密。

只是我们在登黄鹤楼的时候出了插曲。我小心翼翼地拉着妈爬楼，到了第三层，妈突然很不舒服，紧接着蹲下来坐在了楼梯上，还说："静，你咋有四个眼睛两个嘴巴？"我吓坏了，想到应该是妈有高血压的原因。旁边的一位阿姨帮我扶着妈，并给妈按了穴位。休息了一会儿，妈才缓了过来。我不敢让妈再继续爬楼，搀着她下来了。当时，我的心里很不是滋味，我那曾经能吵能闹也曾受过深深伤害的妈妈，现在竟变得这般脆弱。

游玩的那两天里，妈显得比我还激动，还开心，这让我越发心疼妈。路上，我把妈的胳膊拽得更紧了。

我的创业实践课

根据学校安排，我们大二学生都有创业实践课。我想来想去，觉得还是要发挥自己文字方面的特长。很巧，通过好朋友的介绍，我认识了另一位做化妆品的公司负责人刘经理，他需要一位兼职文案策划人员。他让我试着写一篇文章，阐述一下我对网络化妆品经营的认识。作为一个爱"臭美"的青春女孩，我对化妆品这个行业当然是感兴趣和有所了解的。我写完之后，刘经理认为还不错，于是正式聘用我做兼职策划，主要工作是为公司撰写宣传方案和活动策划书，发布到公司网站和微信公众号上。

撰写这些带有商业性质的文案，文字本身对我来说不是什么问题，但是在具体的策划构思和成稿过程中，我对"写作"有了一些新的体悟。

以前我写文章，偏重于抒发个人的小情绪，很少考虑读者的感受，很少会想到读者会不会对我写的故事感兴趣，能不能产生共鸣。而在文案策划工作中，我体会到并学会了必须站在读者对象即消费者的角度来考虑问题，也就是要了解消费者的需求和心理，而绝不能自说自话，自卖自夸，这样才能达到有效的宣传效果。

由此我也联想到，不管是写作也好，还是处理其他任何事情也好，必须走出"小我"和"小世界"，要面对"大我"和"大世界"，要学会从他人角度和更高远的层次考虑问题，这样，个人思想才会不狭隘，才能在人与人的相处中达成更多理解与和谐。

我写过几篇文章之后，刘经理给我汇来了"工资"，还赠送了我公司经营的化妆品。我开心地赶忙发朋友圈晒一晒，还特别注明：钞票和美丽，都是我自己挣来的哦！

不久，刘经理说公司要在广州举办招商会，建议我过去学习感受一下。我觉得这是一次难得的工作实践和增长见识的机会，就特意向学校请了假赶过去。在会场，我发现，很多客户对公司的产品还是很感兴趣的，遗憾的是，因为公司人手少，准备又不足，一时竟无法向更多客户详细介绍产品和洽谈签约的事。本来我是想参加完会议后就返回学校的，并且早已买好了火车票，可是看到这种情况，我想，如果因为人手不够而失去有意向的客户，该多可惜啊！

我果断退掉火车票，留下来帮刘经理谈客户。

我趁着大家集中在会场的时间，赶忙记下意向客户的名字、电话、酒店房间号。然后，我利用晚餐和整个晚上的时间，主动找客户洽谈。晚餐的餐桌上，客户们在吃饭，美酒佳肴，好诱人啊。可我没有时间吃，"逮住"一个，就和对方聊起来。晚饭之后到睡觉休息的这段时间，我又和另一位女同事一起到客户房间里拜访。也许是看到我年龄还小，也许是被我的敬业精神打动，也许是我使用了公司的化妆品真的体现出效果了，客户们大都对我态度很好。最后，有三位客户当时就签了合同付了款。还有好几位客户说，回去后就签约打款。

第二天早上，我知道有一位女客户要急着赶飞机，于是我早早起来，出去买了早餐回来，然后我在大堂给她发了短信：姐姐您好！酒店里没有安排早餐，我怕您时间紧张来不及吃，就在外面给您买了早餐，您是在大堂吃还是送到您房间？很快，我收到了回复信息：谢谢，请帮我拿到房间吧！我把早餐送到了她的房间。这位姐姐特别感动。正当我转身准备告辞时，她突然说："等一会儿我出发之前，我们就把合同签了吧！"

后来我才知道，原来，这位女客户一直很喜欢我们的产品，但是到了要签约打款的时候又有些犹豫，说是要回去再考虑一下。刘经理以为这次就没戏了，感觉很遗憾。可是没想到，因为我送的一次"爱心早餐"，让这位女客户终于下定决心跟我们合作。

无心插柳柳成荫。这件事让我开心得不得了，真的是"好人有好报"啊。

这次的招商会，我在工作和压力面前没有退缩，积极面对，迎难而上，最终帮助公司签订了四单合同，金额十几万元。我本人不但拿到了相应的提成，刘经理得知我是退掉火车票专门留下来后，还特意给我买了从广州回河南的飞机票。

坐在飞机上，想到我这个还没毕业的文科大学生，"初入商场"就"捷报频传"，还第一次挣到了上万元"巨款"，我心里那个美呀！

我伤害到了同寝室姐妹

一个周日的下午，我从家中返回学校。进了寝室，却一眼看见我原本干净整洁的床铺上，杂乱地堆满了一些衣服、水果和零食。看那些衣服，我知道这是同寝室小黄同学的，我心里很是不高兴，这个"不拘小节"的小姐，已经不是第一次这样随意把自己的物品放在我的床上了。

我想找小黄理论，可她不在寝室。我此时又累又烦又生气，把她的衣物抱起来，扔到了她的床上；又看到我的桌子上有一个塑料袋装了些香蕉——也不知道干净不干净，我拎起那个袋子，连同香蕉直接扔进了垃圾桶……正在屋里的两位室友惊诧地看着我——哼，我才不管那些。

不一会儿，小黄和另外一位室友回来了，可是我的气还没消，气汹汹地质问她："你怎么又把乱七八糟的东西放在我的床上？"小黄好像吓坏了，惊愕地看着我，她可能从来没有见过我发这么大脾气吧。

小黄显得十分尴尬，赶忙跟我说对不起。我正在气头上，也没有理她。

小黄回头整理衣服物品，可能发现桌上少了那袋子香蕉，目光落在了垃圾桶上。她走过去低头看了看，好像是为了确认一下。不过等她转回头，我看见她的神情显得十分难过。

她没有说话，只是默默地收拾东西。

那一刻，我突然觉得，我是不是做错了，是不是做得有点过分了：我可以把她的东西都放回她的床上，可是不应该扔进垃圾桶啊！

我开始不安起来。我想了很久，越想越觉得自己做得有些过分。

我赶紧给小黄发微信，说自己不应该扔她的东西。小黄只是简单地回复了"没事"两个字。可是我知道她的心里一定不平静，因为这样回复不是她的风格——连个伴随的表情都没有。

我心里越发愧疚了。

我到外面重新买了一袋香蕉回来，递给小黄，然后我跟大家说："小黄请我们吃香蕉啦。"女孩们嘻嘻哈哈地围拢过来，小黄的脸上也露出了些许笑容，可我还是隐约觉得，小黄并没有真正释怀。

果然，此后，小黄和我之间似乎不像以前那样亲密自然了，总觉得有一种无形的东西堵在中间。

其实，平时，我同寝室五位姐妹关系都是很好的。六个女孩中，我更活泼一些，爱牵头，遇事也愿意为大家说话；而五位姐妹知道我身体不是很好，经常替我打饭打水、买东西，很照顾我。我们是同学，更是好友，也是真正的闺密。

可我却因为这么点小事发脾气，伤害了我朝夕相处的小伙伴。

这件事暂时就这样过去了——其实我心里也并没有真正忘记。

我要把后来发生的事提前写到这里。

"香蕉事件"过去没几天，小黄因为家里有特殊的事情，请了长假。一直到第二年 11 月，也就是大三的上学期期中，小黄才回学校参加两门课程的考试。考完试后，小黄甚至没有来得及跟同学们道别，就匆匆离开了学校。

在和寝室里的另外四位女孩一起聚餐时，我跟她们说：我本来想找个机会跟小黄道歉的，可是……

女孩们诧异地问我："道歉？是怎么回事啊？"

我说："就是去年我扔香蕉的事。"

大家瞪大了眼睛："啊？这件事啊，你要是不说，我们都忘了，小黄也应该忘记了吧？你怎么还记得呢？"

我说："这件事，可能我一辈子都忘不了。因为我觉得我伤害到了一个好朋友，如果我不能消除这个伤害，这将是我永远的阴影……"

我深深知道，在一个人的成长过程中，当绝大部分日常经历随时间流逝而被淡忘时，有些事是注定会被记住并对人的心理产生影响的，比如大喜大悲的事，人生关键点和转折点发生的事，当然还有对心灵和自尊产生伤害的事。

"不论我们在一起有过多少快乐的时光，都不会比这件事让我难以忘怀。我怕这件事也给她带来难以忘怀的记忆。所以我会一直不安，我想尽我最大的诚意，以我最真的歉意，消除这件事对小黄的影响。我很想当面向小黄道歉……"

说到这里，我有些哽咽了。

"我很想当面向小黄道歉，请她原谅我的莽撞和意气行事。我不想这件事成为我和她之间的一个心结，更不愿这件事成为她大学生活里一个伤心的记忆。"

大家在默默地听。后来，四位女孩中有人轻轻地抽泣。

我们都流泪了。

我们的手紧紧握在一起。

亲爱的小黄，此刻，要是你也能听到，也能看到，也能握住我的手，该多好啊！

我们最美丽最珍贵年华的记忆里，不能缺少一个你啊！

我跟同学们说，也想跟每一个看到这个故事的人说：不管是最亲近的人之间，还是陌生人之间，我们都不要去做那种对人的心灵产生负面影响的、有可能让人"记住一辈子"的事。一个人，以这种方式留在另一个人的记忆，是一种伤害，是一种负罪啊。

亲爱的小黄，请你原谅我！

老师爷爷在异国去世

又一个春节，大年初四，当我正和爸妈弟妹访亲会友忙得不亦乐乎的时候，却突然收到一个让我难以相信的噩耗：我在驻马店的老师，我亲爱的王爷爷，突然离世了。

时隔几个月，当我渐渐从悲伤中走出来，我写了一篇题为《你陪我一程　我记你一生》的文章，记述了王爷爷离世的经过，回忆这几年里我和爷爷奶奶相处的点点滴滴：

> 这个傍晚，我走在你曾经每天经过的街头。138个日夜，直至此时，我仍期盼看到你的身影，你的白发！
>
> 如果时光能够倒流，我还是会选择来到你在的城市上学，叫你老师，叫你爷爷，叫你老头儿。我很感恩，也将永远铭记，在我成长岁月里需要陪伴渴望关爱的年纪，你和奶奶愿意让我加入你们的生活，让没有血缘的我们组成一个温暖的家。
>
> 在你和奶奶面前，我倔强，任性，刁蛮。我曾在一次重要的考试时缺考，你在电话里气急了："小静，你真是要气死爷爷啊！"采录考生高考信息时，我迟到大

半天，本以为你会骂我训我，你却没有，急急录入完毕，你还从兜里给我掏出来一盒酸奶……

跟你和奶奶在一起的时光，你和奶奶不准我去超市买东西，不准我吃零食。后来我才明白，你们是想让我每一餐饭都在家里吃。你和奶奶不管多忙，都想着给我做我爱吃的饭菜。

每次我回去，奶奶做好早餐出去上班时会交代你，"静静在睡觉，你别叫她，你先吃，等她醒了再吃"。可是，每次我醒来不管是几点，你都会说，我去热饭，你洗漱一下过来吃。原来，你一直都没吃，是等着我起来一起吃。

那天晚上我们都坐在客厅看电视，奶奶说让我和你去洗脚。你洗完后，我正和奶奶说笑着，你竟然又端来了一盆水，又拿擦脚布，"小静，过来洗脚了"。我一下子呆住了，长大之后，我就再也没有享受过这样的待遇了。奶奶嗔怪爷爷说："这老头儿，一辈子也没给我端过一次洗脚水啊。"我又开心又感动，忙说："爷爷奶奶，以后我一定也会这样照顾您二老的！"

你和奶奶的家似我的避风港，不管我多么疲累，多么难过，看到你和奶奶，心里所有的事都可以放下，对你们撒撒娇，耍耍赖，就都好了。

在成长的过程中，大事小事，我总会打电话给你和奶奶一起商量，我深知，无论什么事，你们都会为我好。

最近这一年，我发现你的身体不像以前那么硬朗了。以前我回来时你总会帮我提行李上楼，而后来的这两次，都是我自己拎着箱子，回头看，你自己上楼梯都有些吃力了。

有一天，奶奶在电话里跟我讲，老祖奶去世了，你的心情很不好。奶奶说想让我回去陪陪你，我说这个周五我就过去。不巧的是，周五的下午，你因公外出，你在电话里告诉我："今天晚上我们集体聚餐。你就和奶奶先吃吧，明天爷爷再陪你吃饭。"可是正当我和奶奶做好饭准备吃的时候，你匆匆忙忙赶回来了，你说："和静静一起吃饭的机会比聚餐更珍贵，我还是回来和静静一起吃心里才踏实。"

在家的两天里，我不敢说更不敢问关于老祖奶的事，我能做的就是吃很多饭，你知道我身体不好，我吃很多饭你会很开心。你大笑着说："静静这次回来有长进呀，要再接再厉啊！"

每次离开，你不管多忙，都会送我去汽车站。上午，下午，傍晚，为我拉行李箱的都是你。最初的每一次离开，我都流下伤心的眼泪；后来，渐渐长大，我不再那么悲伤，我想让我的每一次离开，是为了下一次能更成熟更优秀地站在你和奶奶面前。

我仍记得上一次，是上一次，我不想说那是最后一次，你送我到汽车站。你还有工作，我催促你回去，你走了，我竟追出来站在路口看着你的背影。随后我上车了，可是我无论如何也想不到，在我人生的这趟车上，爷爷，你就这样再也不会与我同行了……

后来，我们在 QQ 视频和电话里聊过几次。你说春节时你要和奶奶小叔叔一起去泰国旅游，我很为你们高兴，我还说，爷爷奶奶，这回你们先去踩点，下回咱们一起去，您就可以给我当导游啦。

让人心碎的噩耗却在不久后传来。奶奶给我发来信息："小静，我还在泰国。你爷爷因突发心脏病，抢救无效去世了。我们明天回国。"老天啊，这对我无疑是晴天霹雳。爷爷，你就这样走了，在异国他乡，没有和我见最后一面，没有跟我说最后一句话。我怎么都不愿相信这个事实，我想去泰国见你最后一面，可是奶奶说，已经来不及了。

我告诉了爸妈你的消息。我说，明天我要去爷爷家，迎爷爷回家。妈对我说："去吧，去送爷爷最后一程。"初五的晚上，我坐上火车。灯光明亮的车厢里，我一路止不住眼泪。深夜里，我下火车，再转乘汽车。可是我不怕，我知道这一路上都有你在保护我。

我到了家，却又不敢回家，我怕寒冬凌晨我的哭声会吵醒邻居，爷爷，我知道，善良的你，这一辈子都不希望打扰别人。

我终于还是敲响了那熟悉的房门。只是，为我开门的再也不是你。

我在你的遗像前放声痛哭。我不再隐藏自己，我想让全世界都知道我的悲伤。

在送你回乡下老家的路上，我心里说：爷爷，每一次离开都是你送我，今天，我也送了你；可这一送，竟是永别。

你走后的两三个月里，我每天翻看你 QQ 空间里的照片，翻看我的朋友圈里每次回去时留下的温暖记录。我看一会儿，哭一会儿，睡一会儿，醒一会儿，想一会儿……

你走后的这些日子里，我每天都会给奶奶打电话，我们俩互相安慰。奶奶说想我了，可我怎么都不敢答应说回去看看，我怕我回到那个温馨的家，却再也看不到你的身影。

后来，我想我还是应该回去，我应该回去看看奶奶，我应该接受你已经离开我和奶奶的事实。

走到大门口，我想起你第一次带我回家时，奶奶打开房门，你第一次向奶奶介绍我这个小孙女；走进客厅，我看到你常坐的沙发；走进厨房，仿佛看到你在灶前弯着腰为我炒菜；餐桌上，我想为你摆一双碗筷，奶奶红了眼圈，却默默地把碗筷收走……

吃过晚饭，我坐在你常坐的位置上，闭着眼睛，像过电影一样……奶奶搂住我说："静，咋了？想你爷了？不哭。"是，我真的是想爷爷了，可我怎么也不敢让眼泪掉下来，我怕奶奶更伤心。

晚上奶奶和我一起睡的，奶奶抱着我说："有奶奶，这里还是你的家。"躲在被子里的我开始抽泣，奶奶把我抱得更紧了，说："你爷在国外出的事，也没能给你留个念想，奶知道你难受过不去这个坎儿。他不管咱，咱也不想他了，过好咱的日子。"

我们流着泪，不知道多久才睡去。

爷爷，我与你和奶奶之间这份没有血缘的亲情，我懂，你和奶奶也都懂。爷爷，你安心地离去吧，我会替你陪伴照顾好奶奶。

人，都是有感情的。温暖过内心的人，谁也忘不

了；陪伴过生命的情，谁也放不下！

你陪我一程，我记你一生！

玫瑰庄主，我的大闺密

爷爷走后，奶奶每天都失眠，吃安定都已经不管用了。我特别着急，可是又没法经常过去陪伴她。

我在微信群里发出了一个求助信息：我想让奶奶好好睡觉……刚好，我的好友里有一位郑州的"玫瑰庄主"李姐，她经营着一种"玫瑰百草堂晚安茶"和玫瑰纯露。李姐知道我跟爷爷奶奶的故事，她看到我的求助信息后，马上跟我说："静静，我送两盒晚安茶给奶奶喝吧，你告诉我地址，我直接寄过去。"我也不知道晚安茶能不能治疗奶奶的失眠，可是面对李姐的好意又不好拒绝，我说，那我给你一个成本价吧。李姐发来一个"囧"的表情，说："你这个丫头……就算我替你孝敬奶奶的吧。"

奶奶喝了一盒之后，跟我说感觉确实有效，我又赶紧请李姐再寄了两盒。

后来，我去看奶奶，奶奶对这件事念念不忘。我跟奶奶说："我是一个幸运的女孩，因为我总是能遇到好心人啊！"

奶奶会心地笑了。

也是因为这次交往，我这个"女文青"开始关注起李姐的公司和产品。后来，我也开始在我的朋友圈做起了"微商"，向朋友们推荐玫瑰百草堂晚安茶和玫瑰纯露。

我也想挣点钱，在父母还未老的时候，有能力多陪他们出去走一走。

除了经济上的收益，我从"玫瑰庄主"这里，更是收获了一份朴实而真挚的姐妹情谊。跟李姐熟悉之后，她给我讲述了她多年来艰难但执着的创业经历。后来，我会经常到她的庄园里去，徜徉在玫瑰花海，参观她"芳香而美丽的事业"。我陶醉于庄园里的怡人美景，更欣赏她面对创业艰难迎难而上、百折不挠的精神和勇气。那时，我感受到，有一句话说得特别有道理：人的心有多宽广，他的天地就有多宽广。

我喜欢和李姐这样心胸宽广的人在一起。如今，"玫瑰庄主"李姐是我的"大闺密"，她4岁的女儿是我的"小闺密"。

赠人玫瑰，手留余香。而受赠者，又何尝不是更能体会那来自玫瑰与赠花人双重的芳香呢？

借着生病，我终于跟妈说出多年的委屈

大二下学期，我们要停课去实习一段时间。广州的刘经理得知这个消息后，说可以让我过去到公司里帮助做文案和微信公众号运营工作。

这一次的工作，也许因为涉及公司运营和产品宣传推广的具体而复杂的内容，让我这个缺乏实际工作经验的实习生感觉到了难度和压力。为了写出一篇宣传文案，我要查询大量相关资料，了解同类产品的市场情况，提炼出公司产品的独特卖点，再以网络语言风格和传统平面媒体语言风格分别呈现。

因为工作压力比较大，我开始烦躁不安，夜里失眠。更难熬的是，我这个北方人在南方住得时间一长，对气候又开始不能适应，特别是广州潮湿的天气，让我的四肢关节发痛，而且越来越厉害。

我只好暂停上班，一个人待在出租屋里，甚至把窗帘都拉上。跟我同住的同事夏夏姐了解了我的情况，跟我说："我明天请假陪你去医院看看吧。"

医生让我填了一张心理咨询表格，又给我开了单子让我去做脑电图。检查结果出来后，医生说我是"抑郁症+焦虑症+社交恐惧症"。这让我一时无法接受：我从小能玩能跑能上树能打架，现在怎么成了集多种病于一身的病人？

夏夏姐安慰我说："没事的，只要心态好就会好起来。"医生则建议吃药加心理辅导。拿着检查单走出医院，我的腿像灌了铅一样沉重。

既然我都"病"成这样了，肯定不能再在广州继续待下去了。我跟妈打电话说了我的情况，妈着急地说："你赶紧回来吧，妈养你，你快回来。"

回家的火车上，我担心爸会说我这次去广州白跑一趟浪费了钱，没承想到家后，爸和妈对我的态度都很好，我一想，肯定是因为我"病了"。

回到家，待了两天，关节疼痛的状况竟然真的缓解消失了。

可我在家里还是待不住，也许我还是没有习惯每天跟爸妈生活在一起。于是我一个人今天跑到县里，明天跑到市里，见老同学，找初中高中老师聊天。

妈应该是觉察到了，在微信上问我去了哪儿，我回答："在县城。"妈说："你出去咋不吭一声？"我说："我都这么大了，你放心好了。"妈又问："静静，你咋了？有啥病咱去看，你可不要瞒着妈。"我回复说："妈，我没事，就是想出去走一走，我没病。你不要问了，我不知道该跟你说什么。"

几次这样的对话之后，我心情越发难过，而妈也知道我一定是有什么心事不愿意说出来。终于有一天，我在县城里独自闲逛的时候，在微信上，再一次跟妈吐露了我多年来的委屈——

妈，我不愿意跟你和爸待在一起，我从来都没觉得这个家给我多少温暖，相反我害怕回家，我真的害怕跟你们在一起生活。

我从小到大的记忆里都是吵骂。你总是说小时候你们多爱我，多疼我。妈，小时候我没有记忆，在我的记忆里，全都是这个家庭的不愉快，我一点点也没有感觉到快乐。

你和爸以前只会打我骂我，从来不会去了解孩子，我的心思这二十年你都没有懂过，什么都是按着你的思想来，不管对错，想打就打，想骂就骂。我是你们的孩子，但是我也有自己的想法，自己的尊严。只是我从来都不敢跟你们说我的心事。

你们管我没错，可是，你有没有问过我的感受？知道不知道我当初为什么离家出走？你们问过我为什么吗？我离家出走，回到家你抱着我让爸打，第二天我还要去外面为了你的面子配合你的"表演"，你知道吗，那个时候我的心都碎了。几年过去了，我的心从来都没有温暖过。

别的孩子的爸爸会牵着女儿的手一起散步，可这是我不敢奢望的事。我心里这么多年唯一的奢望就是你们别吵架，你和爸别打骂我。

我跟你说这些不求你改变什么，而是这些堆积的不快已经压得我喘不过气来。我真的想忘记这些，可是回到家，见到你和爸，我的脑海里全是这些让我痛苦的记忆……

这些话我在微信里是断断续续发的，妈很少回应文字，只是不时发来"大哭"的表情。我知道，这时的妈妈，终于在倾听女儿的诉说了。

妈最后发来这样的文字：静静，无论怎样，我和你爸都是爱你们的。妈没想到会给你带来这样的伤害。你听话，这些话不要告诉你爸，你爸身体不好。这些事，你跟妈说过就行了，以后妈都会改的。

跟妈说完这些，我的心里一下子轻松了。可是在回家的车上，我心里又有些后悔，后悔有些话不该说得那么直接，我作为女儿，这样说自己的妈妈，她心里一定十分难受。

回到家里，果然，我看到妈眼睛红红的，妈一定是刚刚哭过。我上前抱住妈，也忍不住哭了。妈没有说话，只是让我先回屋子里休息。我躲在床上，难过又自责。

过了一会儿，妈说让我和她一起去逛街。其实我是想拒绝的，因为我不知道接下来该跟妈说什么，但想到妈的情绪应该是有很大的波动，我答应跟妈一起出去。在路上，我跟妈说："妈，对不起，这些事情我说出来，心里就会好了，也不会再去想这些。从此，我们一家人在一起开心快乐就好。"

妈用力地点点头。

在新闻网站实习

韩向阳老师帮助我介绍了一家许昌的实习单位，是"中国网"驻许昌办事处。我跟妈说了这件事，并告诉妈这个实习机会很难得，也很珍贵，我很想去。妈毫不犹豫地答应了。我问妈为什么这么爽快，妈说："现在只要你开心就好，妈啥都答应你，你爸那里我去说。"妈终于能为我考虑了。

来到许昌，我像是出了牢笼的小鸟一样轻快自由。韩老师带我去见了"中国网"驻许昌办事处的苏主任，也就是我的直接领导。苏主任是陕西女子，人长得漂亮，说话豪爽，她亲切地称呼我"小丫头"，我的胆怯和生疏感瞬间消散了。

实习工作开始了，我的主要任务是跟随苏主任参加一些活动和会议，撰写新闻稿件。苏主任以曾经的作品为例，为我分析讲解撰稿要领，并要我试着自己完成几篇，她再帮我修改把关。

我作为一名实习生记者参加的第一次活动，是采访由某区组织的"安全进校园"活动。我们在区安全局和教体局工作人员的陪同下来到一所中学，对学校在"食品安全""寝室安全""校园防暴力"等几个方面的具体工作进行采访。想到自己还是一名在校学生，却能以记者的身份进入校园，不由得感到十分开心和自豪。

中间有一个小小的插曲。大热的天，陪同我们的工作人员中有一位老师总是擦鼻涕，我想应该是鼻炎，这种难受劲儿我是知道的。我径直走到这位老师身边，把朋友从新加坡带给我的"通鼻神器"送给他，并讲解这支药怎么用。他看着我先是呆愣了一下，然后对我连声道谢。其实我也有些不好意思，毕竟我们互不认识，刚才的短暂接触中也并没有说过话，我只是单纯地觉得我可以帮助别人。

其实类似的事情我做过不少，大家有的说我很傻，可我觉得这是很自然的事，即便是陌生人，在人家需要的时候，我们也应该在力所能及的情况下，伸出援手。

这些天里，妈每天都给我发好几回信息，问我吃饭没有，还有没有钱，工作顺利不顺利，开心不开心，就连以前从没说过的"我爱你"，现在也时常挂在嘴边。不知从什么时候开始，我竟很享受和妈每天这样对话。妈还说爸经常会问起我的情况，说爸想在微信上和我说话，又怕我不回复。我跟妈说，爸跟我说话我哪能不回复呢？如果回复得迟了，我肯定是在忙工作呢。

几天后，苏主任给我布置了另一项任务："小丫头，明天上午有一个重要的会议在郑州举行。你跟我去感受一下。"

第二天一大早，我怀着忐忑激动的心情跟着苏主任和其他一些媒体记者乘坐会议专车来到了郑州。原来，这天要举行的，是由中国国际经济交流中心和许昌市委、市政府主办的《郑许一体化发展规划研究报告》专家评审会。我提前来到会议现场，会议厅里真是整洁而庄重。我找到媒体座位席，放下相机和电脑，跑到卫生间看着镜子里的自己傻傻地笑了，原来，我这个丑小鸭真的可以出现在这种"高大上"的场合。

会议开始了，我看到了很多平时只能在电视新闻里看到的领导、专家。作为记者的我，可以在会场里走动拍照，用镜头记录下会议中每一个有意义的细节。

我还在第一时间了解到，这次会议的主要内容是征求省有关专家、省直有关部门对加快"郑许一体化"建设的意见，并对该报告进行修改完善，为下一步在北京召开的评审会做充分的准备，以尽快完成正式规划文本并上报，积极推进"郑许一体化"迈出坚实步伐。我为自己能够亲自见证这么重要的会议而感到十分自豪。

　　会议结束回到许昌，我整理好会议上的文字记录和所拍照片，第一次独立完成新闻稿《〈郑许一体化发展规划研究报告〉专家评审会在郑州举行》，经过苏主任审核后，最终图文并茂地发布在"中国网"上。

　　第二天，当我还沉浸在成就感满满的开心喜悦中时，我接到了妈打来的电话："闺女，你又上电视啦，妈在河南电视台的新闻里看到你啦。"这个消息我倒是始料未及，不过我瞬间明白过来了——昨天在会议现场，有好几位架着摄像机的电视台记者，我肯定也被摄入镜头啦。我在电话里大笑道："是啊，妈，你没认错，那肯定是你闺女。"

　　我还听到电话那头爸也在说："没错，是我闺女，是我闺女。"

带弟弟妹妹去武汉玩

我到过很多地方，弟弟妹妹却还没有出过远门。我一直想带弟弟妹妹出去走一走，看一看，让他们增长见识阅历。

趁着暑假，我接弟弟妹妹到许昌小住。

在许昌住了几天后，我决定带他们去武汉玩。这座城市相对来说并不远，我又去过多次，比较熟悉。

弟弟妹妹显得很激动。弟弟说："我终于要出河南省了。"妹妹附和："就是，就是，从小到大咱哪儿也没去过，去武汉一定要好好耍耍。"听了弟弟妹妹的话，我心里很不是滋味，以前家里穷，我们确实没有到过什么地方。长大后，阅读和写作改变了我，让我有了自己的认知和想法，也有一点点经济能力支持我出去走一走。我确实走了一些地方，但对于弟弟妹妹，我心里多少是有些歉疚的。

上午十一点多到武汉。吃完午饭，我首先带他俩去黄鹤楼。在黄鹤楼的顶层，我和弟弟妹妹开心地合影。从小到大，我抱过他们背过他们时常牵着他们，一起戏耍打闹哭笑。如今，弟弟妹妹都长大了，一个阳光帅气，一个亭亭玉立。我左顾右盼，感慨之余，眼里不禁有了泪水。

户部巷是一定要去的。他俩在户部巷看各种小吃看得眼花缭乱，可是每个人吃了两三种后，却不再说想吃，看看就走开了。我看得出弟弟妹妹是觉得有点贵，想省点钱，我于是安慰他们说："今天，你俩想吃什么就吃什么，姐给你们买，你们就把姐当一回大款。"其实，我心里是在想，我带弟弟妹妹出来玩，就是想让他们感受一下世界的千姿百态，有了见识，才能激励他们好好学习，将来有能力创造自己想要的生活。

看过一句浪漫文字：恋人一定要手牵手走一次长江大桥，这样爱情才会长长久久。我们姐弟三人手牵手走在长江大桥上，欢声笑语不断，我多么希望这快乐无忧的时光能像脚下的千年江水绵绵不绝，永远陪伴着我们。

行万里路

也许因为在现实中结识了很多天南地北的老师文友，也许因为向往书本中描绘的祖国大好河山，也许因为笃信"读万卷书，行万里路"的格言，我一直喜欢出门旅行。

武汉是我去过次数最多的城市。除了因为距河南比较近外，另一个主要的原因是，这里是我参加的陈清贫老师写作网络培训班的"大本营"。只要培训班邀请到著名作家为学员们讲座，或者举行笔会交流活动，我都会尽量赶赴武汉参加。在这里，我不但流连于江城美景，更是见到过很多我十分景仰的作家，聆听他们畅谈对人生的感悟，传授文学创作的经验；我还在这里结识了很多与我有着相同爱好和追求的"文艺小伙伴"，让我在大学校园之外，又多了一些写作实践道路上的同学、同路人。

正因为如此，每次去武汉，我都十分开心和期待。这里有我喜欢的那些人在等待着我，有我热爱的那些事在召唤着我。武汉，是我的人生成长道路上具有特殊意义的地方。

我还曾经和文友们结伴去过湖南凤凰。在这座"满城风光，满城文物"的"中国最美丽的小城"，我漫步在青石板铺砌的街巷，欣赏着路边一座座明清风格的建筑，此刻，我就是诗人戴望舒笔下那个丁香一样的姑娘。乘坐游船游弋在美丽的沱江，岸边矗立着一栋栋极具特色的木制吊脚楼；桥边岸旁，几位女子正在用木棰洗衣，好一幅"小桥流水人家"的优美画卷。在文学大家沈从文先生的故居，我驻足凝神，想象着一回头，那《边城》中的翠翠姑娘便会踏歌而来；我向大师虔诚致敬，也祈祷先生能带给我这个初识文字的文学爱好者以文气、文采和文心。

告别凤凰古城，告别细致柔媚的南方，我一路北上，远赴壮美辽阔的"中国最美草原""牧草王国"——呼伦贝尔大草原。

在这里，我不再多感善愁，我只想把自己融入这无垠无限、无私无我的广大世界。此刻，我可以做一棵草、一滴水、一片云：一棵草的静默与顽强执着，一滴水的澄明与随物赋形，一片云的洁净与悠远。

在这里，我曾骑马扬鞭，感受大草原的辽阔宽容，体会草原儿女的激情豪迈；我走进羊群，跟随羊儿们悠闲惬意的步伐走过一寸寸青草地；也曾在草原小溪边漫步，溪水清澈见底，不疾不徐地流淌，水面能映出我的影子，我舍不得伸手触碰这份平和静谧；我还曾探访中国最后一位驯鹿老人、105 岁高龄的鄂温克族部落女酋长，听人讲述她神秘传奇的人生，我拉着她的手，感受超越一个世纪的苍凉与温暖；在中俄界河边，我远眺异国，第一次感受到"国家"这个概念的含义，感受到"中国"这个伟大词语蕴含的分量与情感，再回头，看我的国与家，我的眼里情不自禁溢满泪水。

界河的那一边，向北，有一个遥远却是我一直向往的地方：贝加尔湖。最初知道这个美丽的名字是在中学地理课本中，对它心生好感和向往却是因为那首唯美又略带忧伤的歌曲《贝加尔湖畔》。

离开呼伦贝尔大草原，我和伙伴们来到满洲里西郊国际机场，从这里飞赴距离贝加尔湖最近的俄罗斯城市伊尔库茨克。这是我 20 岁的人生中第一次走出国门。坐在飞机上，看着许多"国际友人"的面孔，听着我从不曾听过的语言，望着飞机舷窗外异国的山川大地，我激动又开心。

飞机降落在伊尔库茨克时已是日暮时分，没能立即欣赏到异国风景，让我有些小小的遗憾。第二天一大早，我迫不及待地来到了贝加尔湖的分支安哥拉河边，我在微信里记录了当时的所见所感：

> 坐在贝加尔湖的支流边，这就是真正的异国风景了。朝阳从对岸的山林中升起，一道金光穿越湖面，在清晨的微风中随波荡漾。活泼的鱼儿像长不大的姑娘，在这片浩瀚里追逐嬉闹。时而三两声海鸥的鸣叫，在这个静谧的清晨更显响亮悦耳。湖风吹动我的发丝，在摇曳，在起舞。我不禁站起身，张开双臂，像一条鱼，像一只鸟，让我游，让我飞……

第二天，我终于站在了真正的贝加尔湖畔。那一刻，我是真的醉了。我见过滔滔黄河，见过滚滚长江，却还没有见过大海——在我眼里，这片浩渺的湖泊，就是真正的大海了。只不过这是一片更安静平和的海，更温柔秀美的海，更让人可亲可感的海。我站在岸边的绿草地中，几米之外，就是那微波荡漾的碧蓝碧蓝的湖水，那一湖水，纯粹而圣洁，让我几乎不敢再近前；稍远的湖面，洒满了金箔般的阳光，波光闪动，细碎却明亮；放眼望，目之所及，湖光天色融为一体，如果不是片片白云飘浮，几乎让人难以分辨，哪一片湛蓝是水，哪一片湛蓝是天。

那一刻，独立贝加尔湖畔的我，竟然有一种冲动，宁愿我的身体幻化为虚无，永远地融入此情、此景……

我终究还是踏上了归程。一周的呼伦贝尔草原与贝加尔湖之旅，让我的心境变得如草原广阔，如湖水澄明，如白云高远，心中所有纠结和不快的过往都已风轻云淡。地理有界，思想无疆，我让身体抵达地理的边界，任思想无疆地驰骋——我在海阔天空中，洗心革面。

读"万卷" 书

我不得不把"万卷"加上一个引号。

我深深知道，要想写书，离不开读书。

在上高中之前，除了课本之外，我的读书经历经验少得可怜。但是我明白，这一点，不能怪我的家庭环境和经济条件，因为，即使是扩大到我们整个村子，那么多户人家里，也很难找出几本学生课本以外的书。

在某种与生俱来的一成不变的环境中，要成为与众不同的人，要么需要天赋，要么需要高人指点，而这两点，我都不具备。

我买的第一本书是简装的《西游记》。那时我上初二，春节后，村里一位同龄小伙伴要去县城玩，我想起当初在县城参加"小升初"考试时，曾经路过新华书店，可是我没有机会也没有钱进去。这次，我手里有刚刚收到的50块钱压岁钱，我想让他帮我到书店里买本书。

买什么书呢？那时，我只听说过"四大名著"，我印象最深刻、觉得最好看的应该是《西游记》，那就买《西游记》吧。我猜测一本书可能至少要20块钱，哎呀，一下子要花掉我全部"积蓄"的一半，又有点舍不得。怎么办呢？

让我开心的是，那位小伙伴听说我想买《西游记》，竟然也很感兴趣，主动跟我说："咱俩合着买吧，轮流看，算是咱俩的。"这个方案正合我意，我跟他说："如果低于20块钱，我出10块，剩下的你来出；如果高于20块钱，你出10块就行，剩下的我来出。"小伙伴爽快地答应了。

最后，我花了12块钱，拥有了人生第一本"名著"。

当时看这本书，主要还是出于一个少年对书中内容的好奇，其实书中有些字我还不认识，更谈不上对内容本身进行有更多思考，我觉得这本书对我最大的影响，就是让我意识到，世界很神奇，在我不了解的地方，有各种各样的人存在，有各种各样的事情发生。

读高中后，我更加知道自己的爱好所在，只是我每月的生活费极为有限，实在挤不出钱来买书。

好在我终于有机会经常去书店，不买，就在书店里看看也是好的。书店里的书多得目不暇接，我和大部分青春女孩一样，喜欢席慕蓉、三毛、张晓风、张小娴，她们的书，我拿起来就舍不得放下。阅读这些作家的作品，让我体会到，世界和人生原本丰富多彩，任你体验，任你思索，而这些，都可以通过文字记录和表达——这是一件多么美妙幸福的事！

成为一名大学生后，我更多地阅读一些文学性、知识性强的书。古典诗词当然是我百读不厌的经典了，每每捧读，我深深沉醉于"中国文化瑰宝"的文字之美、意境之美，恨不得自己也穿越千年，每日汉服唐装，把酒论诗。

我还开始喜欢另外一些当代作家，比如周国平、迟子建、李娟、丁立梅等，他们的文字或睿智或幽默，或清新或温暖，这也让我体会到，每一个成功的写作者，都有自己鲜明的文字风格，所谓见字识人，当然，这是在长期的创作实践中形成的。惭愧呀，我至今还没有写出太多的文章，我的文字风格还不知道什么时候能形成呢！

看书越多，才发现自己知道得越少。

书山有路勤为径，努力攀登吧，姑娘！

这个世界爱着我

9月份，我又要开学了。妈跟我说，她想送我去学校。然后妈又对我说，爸其实也想一起去。

这是我没有想到的。但我明白，爸妈这一次想要送我，与两年前送我来学校报到时的心境和意义不同。

如今，我猜，爸妈是不是意识到了这样一个事实：我曾经在不该离家的年纪离家，却没有得到关注和挽留；如今，我在应该离家的年纪，只会走得更远。爸和妈是想挽留我吧，却再也留不住；送我走，该是另一种挽留。

我又心酸又感动。

大学校园里，我人生成长历程中另一个最重要的地方，终于留下了我牵着爸妈的手并肩漫步的身影。

我就要满21岁了。

爸妈离开我返回老家了。这一次，我竟然有一种跟他们一起回家的冲动。

我就要满 21 岁了。

我想我终于可以写下我 21 年里的故事。

因为我喜欢文字；因为我的文字里，终于不会只有一种情绪，一种色彩。

这个世界爱着我。

后记

每个人都有自己的故事，感谢你来读我。

我觉得我其实是幸运的：我，竟然写出了这样一本小书。

不容易呀。

从我的出生到这一本书的问世，隔着 21 年的时空。21 年，我一步步走来：从咿呀学语到识文断字，从蹒跚学步到观山阅水；从童年的"丑丑"到青春的"美美"，从心境的灰蒙蒙到生活的亮闪闪；从贫穷到丰富，从村庄到城市……

从一张白纸到一本书。

我自认为我是坚强的，也是多思的。

我有些庆幸的是，因为自己误打误撞、跌跌撞撞的坚持和努力，可以说走出了因为贫穷而导致思想、教育理念落后的原生环境。如果没有这份坚持、努力甚或抗争，我不知道现在的我会是什么状态，什么身份——总之，我作为一个地地道道、土生土长的农村女孩，不会有想法，不会有能力，也不会有情怀，来写出这样一本原本属于我自己的故事的书。

我若不坚强，我走不出自己；我若不多思，我走不进这个世界。

二者缺一，我不会拥有这些故事，也不会写出这些故事。

不说感谢经历，经历就是人生，而人生不能重来。

其实，在下定决心写这本自传性的小书之前，我犹豫过很久。

如书中所述，我个人的成长经历，有一些连最亲近的人都不会体察、我自己也从不曾说出的隐痛；我最亲爱的父母，爱着我，但他们个人的情感世界里，即便作为子女，也有触碰不到的私密；我的爷爷奶奶，我的妹妹弟弟，我的其他亲人，我的老师同学，我的由陌生转为熟悉转为深情的在我生命中出现的每一个人，他们的故事，他们与我的故事，都是能为人所见所知的吗？

所以，即便是在写作的过程当中，我的内心也经常是矛盾的，甚至，几次想停笔放下。

最终坚定我的写作决心的，来自某一天我偶然看到的一句话：没有记录，就没有发生。

不同的人对这句话有不同的解读，我取其中最触动我的那一部分。

我 21 岁了，也即将大学毕业，我想记录下我这 21 年里的成长、变化。

　　我经常会把我一岁时在麦田里的那张照片跟现在的照片作对比——年年岁岁麦相似，岁岁年年人不同——这种变化，是多么神奇而宝贵啊！

　　每一个生命个体都是独一无二的。如今，当我有想法、有能力、有情怀把我的成长变化记录下来，我就立即行动了：如果我没有如此真实详细地记录我的故事，多年之后，当一些细节从我的记忆中消失，它们也就真的像从来没有发生过一样——那时，我岂不是失去了"我"的"一部分"?!

　　都说人上了年纪之后喜欢回忆过去，我只不过是比别人早一点开始回忆，只不过使用了文字记录的方式来回忆。

　　而对于当下的我来说，"人生"二字的开始，离开校园走向社会的开始——我在记录，也是在告别；是在告别，也是在迎接。

　　我要卸下一些沉重的东西，轻装上阵。

　　其实，所谓沉重，随着我的成长、成熟和强大，早已不再那么沉重。

　　我小时候的几次历险，终究还好，没有给我的身体留下什么明显深刻的"纪念"，现在想来，是寻常，也是幸运。以后，这些历险会成为我经常引人发笑的谈资。

　　那些来自生活本身和成长过程的绕不开的小小委屈，我现在都已经与人与事和解。确实，在我本该尽情享受快乐和自由的童年时期和青少年时期，我却把太多的时间心思都用在了争取快乐和自由上，以致太多的怨责情绪蒙蔽了我的心，这让我很累也很痛。可是，如今我明白，这算不算"成长的代价"呢？或者说，"所有的经历都是一种成长方式"？

　　生活里更多的人和事，我其实应该感恩感谢才对。

　　对于我的父母，我有一个感悟：作为孩子的我在成长，作为父母的他们其实也在成长。我们都在学习如何相处，如何理解和爱对方。明了了这个道理，我突然对种种过往都能心平气和地看待。有时，看到父母额头日渐显露的白发，我在想，我还年轻，父母却渐渐变老，这也是父母与子女关系的一种宿命。那么，对于子女来说，人生的好时光，就是父母都在身旁。

　　对于父母之外，每一位给了我爱和温暖的人，我更是心存感激。这些人，这些事，都是我人生经历中重要的组成部分，在我 21 岁的成长记录里，占有足够长足够珍贵的"篇幅"。

这本小书，除了真实的自我记录和表达感恩感谢之外，我还不能赋予它特别"高大上"的意义。当它很荣幸地被你读到——如果你是我的同龄人，你可能会看到一个与自己的成长经历有着很多不同的"小伙伴"，我相信你会因此更加珍惜生活，热爱这个原本美好的世界；如果你是我的长辈，一位家长，或者一位老师，你一定会因为我，一个陌生且普通的女孩的故事，而给予你身边的孩子更多的温暖和爱。

在写作这本小书的过程中，我的家人、老师、同学、朋友，都给了我莫大的鼓励和帮助，为我的写作提出了很多意见和建议，使我终于能够以平和的心态，以真实、自然、朴素的文字风格，完成故事的讲述。在这里，我要一并向大家表示深深的感谢。

我的故事就先讲这些，明天，我会续写。

谢谢每一个读我的人，每一本书的背后，我都看到了一双温暖的眼睛。

2017 年 12 月 21 日

21 岁生日　于许昌